KB124255

문학과지성 시인선 336

이별의 능력

김행숙 시집

문학과지성사

문학과지성사에서 펴낸 김행숙의 시집

사춘기(2003)
에코의 초상(2014)
무슨 심부름을 가는 길이니(2020)

문학과지성 시인선 336

이별의 능력

초판 1쇄 발행 2007년 7월 20일
초판 15쇄 발행 2024년 3월 11일

지 은 이 김행숙
펴 낸 이 이광호
펴 낸 곳 ㈜문학과지성사

등록번호 제1993-000098호
주 소 04034 서울 마포구 잔다리로7길 18(서교동 377-20)
전 화 02)338-7224
팩 스 02)323-4180(편집) 02)338-7221(영업)
전자우편 moonji@moonji.com
홈페이지 www.moonji.com

ISBN 978-89-320-1797-6 03810

지은이는 2006년 한국문화예술위원회가 지원한 창작지원금을 수혜했습니다.

문학과지성 시인선 336

이별의 능력

김행숙

2007

시인의 말

처음 보는 사람처럼
지평선이 뜯어진 세계처럼
우리는 안녕.

2007년 칠월
김행숙

이별의 능력

차례

제2부

제3부

제1부

발

발이 미운 남자들이 있었다. 그러나 전체적으로 아름다운. 나의 무용수들. 나의 자랑.

발끝에 에너지를 모으고 있었다. 나는 기도할 때 그들의 힘줄을 떠올린다.

그들은 길다. 쓰러질 때 손은 발에서 가장 멀리 있었다.

이별의 능력

나는 기체의 형상을 하는 것들.

나는 2분간 담배연기. 3분간 수증기. 당신의 폐로 흘러가는 산소.

기쁜 마음으로 당신을 태울 거야.

당신 머리에서 연기가 피어오르는데, 알고 있었니?

당신이 혐오하는 비계가 부드럽게 타고 있는데

내장이 연통이 되는데

피가 끓고

세상의 모든 새들이 모든 안개를 거느리고 이민을 떠나는데

나는 2시간 이상씩 노래를 부르고

3시간 이상씩 빨래를 하고

2시간 이상씩 낮잠을 자고

3시간 이상씩 명상을 하고, 헛것들을 보지. 매우 아름다워.

2시간 이상씩 당신을 사랑해.

당신 머리에서 폭발한 것들을 사랑해.

새들이 큰 소리로 우는 아이들을 물고 갔어. 하염없이 빨래를 하다가 알게 돼.

내 외투가 기체가 되었어.

호주머니에서 내가 꺼낸 건 구름. 당신의 지팡이.

그렇군. 하염없이 노래를 부르다가

하염없이 낮잠을 자다가

눈을 뜰 때가 있었어.

눈과 귀가 깨끗해지는데

이별의 능력이 최대치에 이르는데

털이 빠지는데, 나는 2분간 담배연기. 3분간 수증기. 2분간 냄새가 사라지는데

나는 옷을 벗지. 저 멀리 흩어지는 옷에 대해

이웃들에 대해

손을 흔들지.

해변의 얼굴

얼굴로부터 넘친 얼굴,
나는 당신이 모르는 표정을 짓지만

내 얼굴엔 무언가 빠진 게 있을 거야.

코로부터 넘친 코, 코에서 코까지 앞만 보고 달려가면 결국 코가 없고
귀로부터 넘친 귀, 귀에서 귀까지 귀를 막고 뛰어가면 세상은 온통 귓속 같고
입을 꽉 다물면 이빨은 자라지 않고, 편도선은 부풀지 않는가. 거품은 일지 않는가.

사진 속의 파도처럼 내 혀는 꼬부라져 있네.
얼굴을 침실처럼 꾸미고, 커튼을 내리고, 나는 혀를 달래서 눕히네. 나는 사탕 같은 어둠을 깔고

나는 당신이 모르는 표정을 짓지만
내 얼굴엔 무언가 남아도는 게 있을 거야.

여관 여주인처럼 자다 깨어, 자다… 열쇠를 건네네.
빈방 같은 눈동자
소파 같은 입술
그리고 샤워기 밑에서 50분 동안 비 맞고 서서

얼굴로부터 넘치는 저 얼굴,
닮은 얼굴을 하고 비를 피하네.

얼굴을 차양같이 꾸미고
그리고 오늘은 얼굴을 베란다같이, 해변같이, 모래알같이 꾸미고

검은 해변

투시불가능한 피부에 대하여
너는 어떤 가능성으로 도달하는가
너의 얼굴이 일그러진다

너는 무슨 표현을 하는가
얼굴을 벗어나는 얼굴은 유령처럼
없는 듯하고
무해하고
놀라운 것이다

비명을 지르며 너의 놀람을 표시했을 때
너를 놀리며 달아나는 꼬마들도 없을 때
너는 조용해지고
세계는 단순한 윤곽을 드러낸다
뼈처럼

검은 피부처럼
너의 영원한 누드처럼

어떤 악의도 없다면?
너는 무슨 뜻인가
이 고요함과 아름다움은

두 명의 아이

두 명의 아이가 손바닥을 맞추며 놀고 있을 때
세번째 아이는

담장에 장미넝쿨이
장미화, 장미화, 장미화를 팡 팡 터뜨렸을 때

두 명의 아이가 줄을 잡고 돌리며 들어와, 우리 집에 들어와, 우리들은 재밌다는 듯이 부를 때
세번째 아이가 줄을 넘을 때
네번째 아이는

너희 집은 어디니? 어른이 물을 때
다섯번째 아이는
나는 아직 태어나지 않았어요

이 구슬은 누가 흘리고 갔을까?
구슬을 굴리면 색깔이 바뀔 때
두 명의 아이가

세번째 아이를 골목이 사라질 때까지 쫓아갈 때

골목이 다 사라진 후에
두 명의 아이가 이상하다는 듯이 마주 보았을 때

더 작은 사람

작아지기 시작할 때까지만 작아지려고 해요. 나는 작은 사람, 더 작은 사람, 개, 고양이, 한 개의 손가락, 성냥개비,

나는 한 방향을 고집스럽게 바라봤어요. 찡그린 표정은 내 모든 주름에 스며 있어요. 인상적인 것, 빛, 고통,

처음으로 숨을 쉰 이후로 계속해서 숨을 쉬게 됐어요. 아아, 시작은 그런 것이죠. 시작은 시작을 잊어버리고 마지막은 마지막을 모르고 엄마, 하고 첫 발음으로 불러봤댔자 소용없어요. 아버지라면 오 마이 갓!

작아지기 시작하면 시작된 거죠. 나는 더 작은 사람, 더 작은 개, 더 작은 도마뱀, 작은 목소리, 파동의 간섭, 만져지지 않는 하늘,

그리고 파동의 굴절, 만져지는 빗방울, 빗방울, 더

굵은 빗방울, 나는 돌풍과 함께 지나가는 소나기였어요. 세계처럼 우산이 뒤집어진 작은 사람들, 유리창에 잠시 달라붙어서 나는 더 작은 동그라미들,

유리창 안쪽에서는 세 명의 아이들이 가위, 바위, 보, 가위, 바위, …… 규칙과 역할을 정하고 있어요. 한 아이는 손바닥을 쫙 펼치고 사라진 동전에 대해 신비로운 거짓말을 늘어놓고

나는 끝까지 다 듣지 못했

소수점 이하의 사람들

세번째 방문

0.4는 구름 중에서도 착한 개 한 마리처럼 멍멍 짖는 구름, 사람 중에서도 몹시 기억력이 나쁜 사람이다. 0.4는 말하지. "처음 뵙겠습니다." 그 순간, 나는 그를 찾아왔다는 것을 알게 되지. 나는 고백하고 그는 지우네. 나는 곧 잠이 들 것처럼 중요한 것이 없어지지.

우리들의 약속

나의 쌍둥이 동생 0.5가 내 이름을 걸고 약속을 하는 바람에 나는 배신자가 되었다. 나는 억울한 마음으로 0.5의 멱살을 잡고 뒤엉켰는데, 누가 누군지 알 수 없는 기분이 들어서 갑자기 힘이 빠져버렸다. 아, 날아오는 주먹과 주먹 뒤에 남아 있는 똑같은 얼굴! 얻어맞으면서, 나는 너를 세 번 부정하고 여섯 번 긍정한 끝에 형제애를 느꼈다. 그러나 우리는 끝까지 반대할 것이다.

0.0을 향하여

그들은 각자 걸어갔다. 시간은 언제나 점점 어두워지는 시간이거나 점점 밝아지는 시간이었다.

요양소의 창문

요양소의 창문은 0.8이다. 환자들은 요양소의 창문을 통하여 요양의 의미를 터득한다. 낮에 창문은 가까운 꽃나무와 먼 바다를 보여준다. B.B.양은 심장을 요양하기 위해 이곳을 찾게 된 묘령의 아가씨다. 빠르게, 터질 듯이 빠르게 뛰는 심장이 먼저 현관에 당도해 있었다. 많은 폭탄이 요양소의 홑이불에 묻혀 있고 복도를 어슬렁거리고 정원에서 문득 꽃을 꺾는다. 가까운 꽃나무가 멀어지고 먼 바다가 가까워지면 밤의 창문이다. 가까운 바다와 먼 바다의 파도 소리에 오랫동안 귀가 젖으면 물 위를 걷는 사람들이 보인다. B.B.양은 저녁마다 해변을 산책했다. 그녀의 산책길에도 가까운 바다는 가까이 먼 바다는 멀리 놓여 있었다.

해변의 얼굴

녹아내리는, 끝없이 다가오는, 웅웅웅웅 끓어오르는,

0.01

다음 날 아침, 0.01은 길에 쓰러져 있었다. 0.01은 비스듬한 사람이었기 때문에 그 모습은 내게 안정감을 주었다. 나는 쭈그리고 앉아 흙장난을 하는 아이처럼 0.01을 모으고, 곱게 뿌리고, 깊게 팠다. 굴다리 같은 형상이 만들어졌다. 나는 손을 넣었다, 뺐다, 넣었다,

얼굴의 몰락

전우처럼 함께했던 얼굴은 또 한 명의 전우처럼 도망쳤다. 끝을 모르는 고요한 밤의 살갗 속으로

그리고 다시 얼굴이 달라붙을 때의 코는 한없이 옆으로 퍼져 있었다. 귀는 늘어져 늘어져서 이어지는 꿈과 같았다. 비누칠을 해서 꿈을 씻어내도 얼굴의 높이는 돌아오지 않았다

콧구멍은 파묻혔다. 냄새가 나지 않는 세계에서 아침식사를 했다. 나는 맑아지고 의심이 없어진다

얼굴 위로 쏟아지는 햇빛. 햇빛. 햇빛이 비추는 이 거리의 닳은 구두코. 신발을 신은 사람들. 늪처럼 발부터 빠진다

일요일

며칠 늦게 일요일이 찾아왔다. 햇빛은 일요일의 뒤에 있었고, 몇 덩어리의 구름은 일요일의 느리고 느리고 부드러운 말씨,

그리고 내린 비는 일요일의 가득한 눈물처럼. 앞에 있는 햇빛처럼. 나는 토요일 밤의 송별회를 지나 월요일 그리고 화요일 밤,

나쁜 일은 영원히 생기지 않을 것 같은 날들이 멀리 흐르지 않고 가까이 향월 여인숙에서 잠이 들고 다음 날 다시 새 이불을 덮는다. 나는 화요일 밤을 지나 수요일 아침 그리고 목요일 아침의 순서로 일요일을 기다린다.

일요일은 제멋대로 다리를 뻗고 두드리고 발을 주무른다. 일요일이 쓰고 온 넓은 모자가 넓은 그늘을 만들고, 나는 금요일 저녁에서 영영 돌아오지 않는 구두들이 글썽거리며 웃음을 물고 모여 있는 것을 본

다. 금요일 저녁에서

발이 녹는다. 발부터 일요일까지. 토요일이라는 누구누구의 이름까지.

해변의 얼굴 2

우리는 모두 그 얼굴을 밟고 있었다

영원한 미소 위의 신발이거나
썩은 이빨 위의 맨발이거나

우리는 모두 그 얼굴 위에서 휴가를 보냈다
세번째 잠에 빠진 사람과
네번째 잠에 빠진 사람과

처음인 듯 흑설탕 같은 잠에 빠진 사람이 있었다
우리는 모두 그 얼굴에 영혼과 발목을 묻은 채, 그 얼굴을 넘어서 멀리 느끼거나
점점 가까이 감촉하고 있었다

가까이 큰 새가 날고
멀리 작은 새가 높아졌다, 낮아졌다, 높아졌다, … 라라라 음악의 계단처럼
큰 새가 먼저 사라지고 작은 새가 나중에 사라졌다

그 얼굴의 끝이 세계의 뒷면으로 반원처럼 돌아가고
메아리처럼 다시 한 번 돌아오고 있었다

하얀 해변

소녀의 노래와 소년의 노래를 어떻게 구별하나요?
뗄 수 없는
눈빛과 입술처럼

소년은 더 아름답고
소녀는 더 아름다워요
우리가 노래할 때
이 세계의 아기들은 어떻게 태어나나요?

아기들은
가볍고
고통스러워요

해변을 함께 걷는다는 것은 나와 너에게 무슨 의미일까요?
하나씩 둘씩 지워지기 시작할 때

소녀가 소녀에게

소년이 소년에게
가까워질 때

우리의 미움이 끝까지 지양되는 동안에
반짝이며 부서지는 이빨이란 무엇일까요?
그 세찬 물결은

호르몬그래피

호르몬이여, 저를 아침처럼 환하게 밝혀주세요. 분노가 치밀어오릅니다. 태풍의 눈같이 표현하고 싶습니다. 저 자가 제게 사기를 쳤습니다. 저 자를 끝까지 쫓겠습니다.

당신에게 젖줄을 대고 흘러온 저는 소양강 낙동강입니다. 노 없는 뱃사공입니다. 어느 곳에 닿아도 당신이 남자로서 부르면 저는 남자로서

당신이 여자로서 부르면 저는 여자로서 몰입하겠습니다. 천국과 지옥의 세번째, 네번째, 일곱번째 사다리에서 거지가 될 때까지 카드를 만지겠습니다. 녹초가 되게 하세요. 호르몬이여, 당신의 부드러운 손길로 눈꺼풀을 내리시고

제 꿈을 휘저으세요. 당신의 영화관이 되겠습니다. 검은 스크린이 될 때까지 호르몬이여, 저 높은 파도로 표정과 풍경을 섞으세요. 전쟁같이 무의미에 도달

하도록

신성한 호르몬의 샘에서 영원히 반짝이는 신호들.

하룻밤

하룻밤만 재워줘. 밤은 충분히 길고, 너무 큰 가방은 언제나 이야기보따리지. 머나먼 친척 아주머니는 19세기 나그네처럼 오늘 밤에도 문을 두드려.

그렇지만 아주머니, 우리 집엔 빈방이 없어요. 빈방이 있다면, 왜 내가 여동생들과 한방을 쓰겠어요? 속옷을 나눠 입는 우리들은 서로를 반사해요. 거울 앞에 선 것처럼 나는 독창적인 인물이 될 수 없어요.

그렇다면 얘야, 마구간이라도 괜찮단다. 말은 이야기를 실어 나르는 동물이잖니. 우리들의 머나먼 할아버지가 말 위에서 굴러 떨어져 죽어갈 때, 그는 비밀을 품고 있었단다. 그가 하룻밤을 더 달렸다면 이야기는 조금 달라졌을 테지.

그렇지만 알 수 없어요, 아주머니. 나그네가 두드리는 문이 모두 열리는 것은 아니잖아요. 우리 마을은 강간과 간통으로 세워졌어요. 전설적인 인물들은 하늘에서 떨어지거나 알에서 까마귀처럼 깨어났지요.
아주머니가 내 어머니라고 해도 놀랍지 않지만, 우리
집엔 마구간도 낡은 자가용도 없어요.

하룻밤은 눈을 감았다 뜨는 사이에 지나가버린단다.
그렇지만 얘야, 영원히 눈을 감는다면 하룻밤은 계속
해서 흐르지. 머나먼 친척 아주머니의 미소와 함께.

두꺼운 무지개

당신은 3분 동안 군화 끈을 매고, 나는 조여지는 발처럼 몰입해요. 전쟁은 언제 끝나나요? 왜 나의 믿음은 퇴폐에 바쳐지나요? 당신은 언제 죽고, 나는 또 언제 죽나요?

그녀의 눈꺼풀엔 매일 두꺼운 무지개가 뜨죠. 그녀를 믿을 수 있겠어요? 전쟁터는 그녀의 테마 파크, 화장대는 그녀가 늘 쓰러지고 일어나는 곳이에요. 그녀의 남자들은 모두 군화를 신고 출근했어요.

어느 날 군화를 벗고 내 곁을 떠났어요. 용서할 수 없어요. 여긴 전장에서 겨우 2km 떨어진 곳이라구요. 아이들이 총소리를 들으면서 봄소풍을 간다구요. 왜 개나리는 노랗고 진달래는 핑크빛인가요? 왜 당신은 빨간 액체를 토하고, 왜 나는 검은 물을 흘리나요? 하늘에선 자주 흰 가루가 뿌려지고 도시 전체가 화학적으로 반응했어요. 색채와 향기를 믿을 수 없고 그녀의 확신은 알약이 녹으면서 형상을 얻죠. 그녀를 성급하게 믿진 마세요. 그녀가 보이는 화학적인 반응 수준은 현실을 초과해요. 미래적인 것은 퇴폐적이에요. 그녀의 눈동자엔 파편과 흙먼지만 찍혀요.

당신은 언제 죽었고, 나는 또 언제 죽었나요?

얼굴의 탄생

어둠이 몰려서 온다. 녀석들. 녀석들

검은 비닐봉지 같은 얼굴을 하고 걸어오면서 찢어지는 얼굴을. 툭, 하고 떨어지는 물체. 죽은 건 줄 알았는데 개의 죽음은 또 아주 멀었다는 듯이 발을 모아 높이 뛰어오르고. 착지와 비약으로 이루어지는 선상에서 음표처럼

빵, 하고 택시가 지나가고 빵, 하고 택시가 지나가고 빵, 하고 택시 아닌 바퀴들이 지나가고

오른쪽 어깨 위에 어둠, 왼쪽 어깨 위에 어둠, 나는 어깨인지 어둠인지 녀석들인지 나는 나에 한정 없이 가까워

나는 거의 끝까지 멀어지고. 어둠에는 초점이 없으리. 녀석들의 노래. 잔치를 위해 돼지가 돼지라고 부를 수 없을 때까지 분할되고. 환하게. 남녀노소 고기

를 씹는다. 이빨 사이에 고기가 끼고. 그러나 고기라
고 부를 수 없을 때까지

나는 코만 남아서 정신없이 냄새를 맡는다. 냄새의
세계에는 비밀이 없으리. 녀석들의 노래. 녀석들의
코. 돌출적인. 뭉툭한. 냄새는 약 기운처럼 퍼져 여
기 오래 있으면 냄새를 잃게 돼. 우리들은 장소를 옮
겨 코를 지키자. 어둠이 우리를 벗겨내는 곳으로

툭, 다른 곳에 떨어지는 물체처럼 죽은 건 줄 알았
는데. 녀석들 어둠 속에서 얼굴을. 얼굴을. 나라고
부를 수 없을 때까지

목

창가에 목도리를 길게 늘어뜨리고 서 있는 여인
그림처럼

그 긴 목도리
누구의 목을 위하여 시작되었는가

긴 이야기가 있다
짧게 예, 하고 말했을 뿐이다
그리고 다시 예, 하고 대답하는 그 사이

천천히 돌아가는 목
모퉁이처럼
또 다른 이야기가 있다

그 옆에 걸려 있는 그림처럼

음악 같은

올겨울은 토끼와 함께 눈 내리는 소파에서
조용한 나의 친구와 함께 마루에서
라르고 음악을 듣다가
굴을 파고

안단테 점심을 먹고
굴을 파고
죽은 사람들을 만났다, 그 조용한 사람들을 지나

굴을 파고
우리는 조금 더 멀리 가보았다
다음 날이 같았고

굴은 소설책처럼 시간을 흐르게 하고
우리는 이야기하지 않는다
눈이 내리는 소파에서 나는 안단테 안단테 털실을
감고
한 벌의 옷이 사르르 녹고 있었다

가로수 관리인들

훌륭한 사람들

첫 만남에서 대부분의 훌륭한 사람들은 수줍음을 보인다. "안녕하세요." 그들은 날씨에 대해 말한다. 날씨가 사적인 내용을 담고 있지 않다고 말할 수 없다. 날씨에 예민해지면 매우 많은 것을 알 수 있다. 그래서 나는 가로수 관리인들 중의 한 명을 만났고 그가 훌륭한 사람이라는 것을 알았다. 그는 8번가를 담당하고 있다. 8번가의 나무들은 얼마나 우아하게 나뭇잎 나뭇잎을 떨어뜨리고, 얼마나 구슬프게 나뭇잎 나뭇잎을 피웠을까. 한 장의 나뭇잎 때문에 투신자살을 결심한 사람을 나는 이해할 수 있다. 나는 질투심을 깊이 감췄지만 그는 나의 질투를 칭찬했다. 우리는 친구가 되었다. 우리의 우정이 초월한 것은 나이뿐만이 아니었다. 믿음은 믿음을 초월하여 많은 것을 가능하게 하였다.

헤이, 부탁해

오늘밤은 내 인생을 통틀어 바라봤던 하늘 중에서

가장 투명한 밤이야. 몹시 사적인 날씨야. 인생을 우물 같다고 하든, 바다 같다고 하든 그게 다 무슨 소용이겠어. 사적인 날씨에 휩쓸리면 우리는 그때마다 유일한 날을 꿈꾸지.

부탁해. 너의 나무로 하여금 오늘밤 나의 침대가 되게 해줘. 오늘밤은 쉽게 깊어지지 않을 거야. 왜 우리는 역겨워지고, 왜 우리는 기를 쓰고 집으로 돌아가려고 하는 걸까. 8번가의 술집에서 마지막으로 나오는 무리들을 우리는 잘 알잖아. 욕설의 상스러움에 마력이 있었다면 우리는 모두 벌써 죽었을 거야. 그러나 오늘밤의 침대는 마술적이지. 나는 조용히 불씨처럼 일어나 8번가의 나무 위를 발목이 달빛에 젖도록 걸어다닐 거야. 잠을 이루지 못하는 사람들을 만나겠지. 그들을 사로잡은 표정을 묘사하는 데 단 한 문장도 쓰지 않겠어. 그게 다 무슨 소용이겠어. 오늘밤은 유일하게 투명한 밤이야.

헤이, 부탁해. 오늘밤은 초월적인 밤이야. 너의 나무는 오늘밤 우리들의 침대가 되는 거야. 8번가의 거지들을 모두 불러올려도 조옿지!

13번가 가로수 관리인

13번가 나무들은 13번가 가로수 관리인의 손길이 닿는 나무들이다. 13번가 가로수 관리인의 손이 세상에서 가장 아름답다는 것은 잘 알려져 있다. 13번가 가로수 관리인은 열병이 나서 보름째 꼼짝없이 누워 있다. 검은 개 한 마리가 13번가 가로수 관리인의 뜨거운 이마를 길고 긴 혀로 핥으며 보름째 침상을 지키고 있다. 보름 동안 13번가 나무들은 나뭇잎 한 장 떨어뜨리지 않았는데, 심하게 불었던 바람도 흔들지 못한 13번가 나무들의 의지는 어쩌면 검은 개의 것일지도 몰랐다. 강력한 영혼의 힘은 전염병 같은 흐름을 가졌다. 햇빛 속에서 아이들은 홍옥처럼 반짝이고 개구리처럼 활짝 피어나는 순간 담을 넘는다. 13번가 사람들은 처음으로 13번가 나무들에게 공포를 느꼈다. 나무는 보름 만에 악몽의 테마가 될 수 있었다. "안녕히 주무세요." 사람들은 점점 어두워지는 얼굴로 그렇게 인사를 나누고 헤어졌다.

이별의 능력

그들은 노인이다. 저 지평선을 바라보면서 우리가 포함되어 있는 세계를 느낀다. 13번가 가로수 관리인은 죽었고, 검은 개는 남았다. 14번가 가로수 관리인은 죽음을 옆에 앉혀두고 어디서 툭, 끊겨도 좋을 얘기를 나누고 있다. 의자가 삐걱거리는 소리가 들렸다. 지평선이 재빨리 이동하고 있었다. 동시에, 사람들이 걸어다니고 있다. 8번가 상점들의 문이 열리고 부지런한 점원은 사물들의 자리를 바꿔보기도 하고 먼지를 털어내기도 한다. 나는 당신을 오늘 처음 만나는 것이다. "좋은 아침이죠?" 우리는 날씨를 살핀다. 나무 위에서 아침식사를 하던 한 젊은이가 웃음을 터뜨렸는데, 밥알들이 웃음소리를 따라 흩어지고 새들이 지저귀며 뒤쫓아 날아갔다.

제2부

다정함의 세계

이곳에서 발이 녹는다
무릎이 없어지고, 나는 이곳에서 영원히 일어나고
싶지 않다

괜찮아요, 작은 목소리는 더 작은 목소리가 되어
우리는 함께 희미해진다

고마워요, 그 둥근 입술과 함께
작별인사를 위해 무늬를 만들었던 몇 가지의 손짓과
안녕, 하고 말하는 순간부터 투명해지는 한쪽 귀와

수평선처럼 누워 있는 세계에서
검은 돌고래가 솟구쳐오를 때

무릎이 반짝일 때
우리는 양팔을 벌리고 한없이 다가간다

숲속의 키스

두 개의 목이
두 개의 기둥처럼 집과 공간을 만들 때
창문이 열리고
불꽃처럼 손이 화라락 날아오를 때
두 사람은 나무처럼 서 있고
나무는 사람들처럼 걷고, 빨리 걸을 때
두 개의 목이 기울어질 때
키스는 가볍고
가볍게 나뭇잎을 떠나는 물방울, 더 큰 물방울들이
숲의 냄새를 터뜨릴 때
두 개의 목이 서로의 얼굴을 바꿔 얹을 때
내 얼굴이 너의 목에서 돋아나왔을 때

옆에 대하여 1

어느 날 아침 내가 침대에서 본 남자는 죽어 있었다. 더 이상 회사에 출근하지 않아도 되니, 그림자가 사라질 때까지 실컷 자고 오후엔 우리 소풍을 가요. 나는 남자 옆에서 그림자가 사라질 때까지 잤다.

해변은 휘어져 있었다. 그런 옆에 대하여, 노을에 대하여, 화염에 대하여,

그네에 대하여, 손을 흔들며 뛰어갔다.

옆에 대하여 2

이제 말 울음소리는 뚝 그치고, 양호실에 가서 좀 누워 있으렴. 커튼을 치고, 갈기와 바람에 대해 떠들렴. 나도 언젠가 그런 소리를 들은 적이 있는 것 같애.

옆엔 어떤 아이가 누워 있을까요? 왜 모두들 내게 잠을 권할까요? 내 무릎에 알코올을 발라준 여자도 그랬어요. 그녀는 날아갈 것처럼 청결해요. 그리고 나는 앞발을 들고 서 있었어요.

양호실은 쓰러지기 위해 오는 곳이야. 저 아이처럼. 저 아이 옆에 누워서 종이 칠 때까지 앞발과 갈기와 바람에 대해,

한 마리 말과 두 마리 말에 대해, 한 개의 침대와 두 개의 침대에 대해, 흐르는 강과 달리는 산에 대해, 떠들어도 좋다고 여자는 내게 미소를 보냈을까요? 커튼을 치고,

알약을 다시 세기 시작하는 여자와 침대에 나란히 누운 아이들.

옆에 대하여 3

마라톤 세계의 여왕 래드클리프는 아주 잘 잡니다. 잠은 언제나 흑색의 보약입니다. 올림픽은 이틀 후에 개막됩니다.

그때까지 잘 수도 있습니다. 너무나 평화롭습니다. 평화는 시계와 경쟁했습니다. 사랑도 전쟁도 시계와 경쟁했습니다.

마라톤도 시계와 경쟁했습니다. 코치는 시계를 백 번 쳐다보고, 나는 천 번 질투했습니다. 그는 좀도둑 같습니다. 여왕이 마루에서 스트레칭을 하고 있습니다. 그녀가 점점 길어집니다.

그녀가 달립니다. 고독해 보이지 않습니다.

함께 시간이 달리고 있습니다. 여왕의 긴 팔은 두 개.

여왕의 긴 다리는 두 개. 나는 그녀의 팬입니다.

그녀의 눈꺼풀과 함께 내 눈꺼풀이 스르르 내려올 때까지.

옆에 대하여 4

매일 새벽에 산을 오르는 노인들의 폐활량은 크다. 이제 노인들은 나란히 허리를 구부리고 오랫동안 숨을 내쉰다. 점점 작아지다가 번쩍, 만세 자세를 취한다. 어느 날 이 노인들은 산새처럼 날아간다.

노인을 기다린다.

매일 아침 내가 기다리는 노인은 수영장에 간 노인이다.

헐벗은 여자들이 물 위에 늘어져 있다. 오르내리는 발과 거품.

그녀가 돌아온다.

마당에서 할머니와 내가 손을 마주 잡고 줄넘기를 한다. 할머니와 내가 함께 하늘로 오르고 할머니와 내가 함께 땅으로 떨어진다. 옆집 자매들이 연주하는 젓가락행진곡이 울려 퍼진다.

대낮에 노인들이 한꺼번에 돌아온다.

기다림에 지쳐서 희미해진 사람들이 멀뚱히 치어다본다.

오늘밤은 106호에서 시작되었다

못된 아이들은 이렇게 항상 머리 위에서 논다. 106호 고독한 남자는 갑자기 참을 수 없었다. 천장이 아니라 천둥 같잖아. 오늘밤은 조용해야 해.

오늘밤은 쉬어야 해. 106호 고독한 남자는 206호 고독한 여자가 된다. 우리 집엔 애들이 없어요. 그리고 난 쭉 천장을 노려보고 있었어요. 306호는 살인사건 이후 칼 한 자루까지 사라졌잖아요. 세상에서 가장 조용한 집이 됐잖아요.

그러니 우리는 좀더 올라가봐야 해요. 못된 아이들은 빠르게 기어올라요.

어디쯤에서 배꼽은 쑥 빠질까요? 옥상까지 올라온 우리들은 43명이다. 우리들은 일제히 하늘을 노려본다. 1206호 별빛같이 고독한 남자가 갑자기 울기 시작했다.

신비한 귀고리

귀에 특별한 뭔가를 걸 수 있다는 건 근사한 일이래. 룰룰루 추장이 된 건 싸움을 잘해서가 아니었대.

룰룰루 추장이 춤을 추기 시작하면 세상이 흔들리지. 귀고리는 그를 장식하지 않지. 그는 보이지도 않게 되는걸. 귀고리가 공기를 움직이고 사람들의 마음을 움직여. 활처럼 부드럽게 몸이 휘고

튕겨져나가 아무 데나 꽂히곤 하지. 관절은 그렇게 잠깐씩 멈췄지. 오늘 밤에 나는 신도시 13층에 걸려 호수를 내려다봐. 우리는 귀고리 한 짝이 되어 달랑거리곤 하지.

우리를 떨어뜨리거나 잃어버려도 좋아. 내일은 귀에 풍차를 달겠어. 내겐 가루로 만들고 싶은 것들이 있지. 내일은 꼭 풍차가 돌 거야. 룰룰루 룰룰루

추장이 그렇게 춤을 춘다면

고양이군의 25시

그녀가 가르쳐준 시간입니다. 산과 바다를 옮기는 인간들에 대해서도 그녀를 통해 알게 되었습니다. 불가사의는 그녀의 몸,

불가사의는 다섯 가지, 일곱 가지, 여덟 가지…… 자, 이제 그녀의 손가락으로는 꼽을 수 없습니다. 그녀는 무엇으로 나를 어루만지고 있습니까? 열세번째 발톱은 믿을 수 없이 부드럽고,

나는 고양이를 초월하여 고양이, 다시 한 번 고양이를 초월하여……

불가사의에 흡수되는 시간,
거대한 고양이가 이 세계의 이름입니다.

고양이들의 물결은 이 세계를 출렁이게 하고, 처음을 흐릿하게 하고, 둥둥둥 북소리 같고, 고양이를 덮는 고양이는 파도 같고, 눈송이 같고, 모포 같고, 중간 같고,

소녀 고양이군을 만나다

어쩜 너는 고양이처럼 생겼구나. 죽은 고양이 미미, 죽은 고양이 샤샤, 죽은 고양이 쥬쥬, 저 골목과 함께 사라지면서 그림자가 되는 고양이 라라를 정말이지 군데군데 닮았어.

> 나는 고양이가 되려고 생선 한 마리를 물고 집을 뛰쳐나왔으니까, 야아옹 만세! 네가 아는 미미와 샤샤와 쥬쥬와 라라에 대해 얘기해줘. 그들의 독특한 취향과 보편성에 대해.

내 인생의 하루는 미미를 생각하며 울었어. 울면서 생각했어. 미미는 아파트먼트 같은 닭장을 실은 트럭에 깔려 납작해졌고, 그래서 내가 운다고 미미의 배가 불룩해지지 않는데, 내가 운다고 펄펄 끓는 기름 가마 속에서 닭들이 홰를 치지 않는데, 열세 번 열네 번 흑흑 운다고 운다고 부자가 되지 않는데, 질질 운다고 예뻐지지 않는데, 눈물은 허무해. 눈물은 너무해. 미미라면 울지 않았지. 미미는 뽐내듯 하품을 하는 순간에 가장 요염했지. 미미라면 이렇게 천천히 입을 오므리는 거야.

> 미미가 되고 싶어. 나는 또 샤샤와 쥬쥬와 라라가 되고 싶어. 나나도 좋고 레옹도 좋고 슈슈도 다 좋고 야아옹 만세! 고양이로서 실천할 수 있는 선행은 악행만큼 다양하고 모호하고 고요하고 날카롭고 격렬하고 아아아 황홀하고, 야아옹.

라라는 샤샤를 질투했어. 라라는 방울을 달고 서커스단을 따라갔고, 샤샤는 푸른 연기로 변했다고 알려졌지. 불꽃 속에서 샤샤는 고양이들의 전설이 되었고, 나는 샤샤가 무서워. 샤샤를 질투하는 라라는 더 무서워. 샤샤를 화려하게 감쌌던 화염은 어느 날 내가 꼭 입고 싶은 외투였어. 샤샤는 열여덟 번 열아홉 번 모양을 바꾸지.

네게 죽은 고양이 쥬쥬는 떠오르지 않는군.
쥬쥬는, 쥬쥬는, 네 입술을 간질일 뿐, 그런
고양이는 불멸의 이름이야. 그들은 희미하게
사라졌기 때문이지. 야아옹 만세! 그럼 안녕.
어느 날 나는 고양이로서 샤샤를 닮은 아가씨
를 스쳐 갔다네.

고양이군의 수업시대

고양이가 되겠다고 집을 나온 첫날 밤부터 눈에서 빛이 났던 건 아니죠. 열세 살 때부터 고독한 눈알을 원했는데요, 초점이 사라질 때까지 눈알을 빙빙 굴렸을 뿐이었죠. 누가 좀 뻥, 차줬으면

포물선을 그리며 고양이 한 마리가 날아가는 거예요. 아, 그렇게 풀밭에 눕고 싶었어요.

밤은 길고 낮잠은 달콤해요. 그녀는 여섯 마리의 고양이 새끼를 배고 있어요. 그녀는 나의 선생이었고 연인이었죠. 안녕, 라라. 고양이의 길은 여러 갈래, 여섯 마리의 고양이 새끼 같은 것. 안녕, 미미.

고양이가 되겠다고 처음 고백했을 때, 형은 정겹게 내 귀에 대고 말했죠. 넌 원래 고양이 새끼야. 네가 담요에서 나와 기어다니기 시작했을 때부터 지붕 아래 쥐새끼들이 싹 없어졌다니깐. 아버지와 어머니를 떠올려보라구. 대체 무슨 일이 있었던 거니? 형은 나의

전도사였죠.

형은 검은 양복을 입는 사기꾼이 되었구요, 나는 또다시 털갈이가 시작됐어요. 아, 그렇게 힘이 없고 부드러워요. 올겨울에 나는 더 무성해지고 더 포근해질 것 같아요.

이제 아주 멀리 고양이의 길을 가요. 고요한 새벽마다 울음소리를 연습했답니다. 그건 고양이의 것이죠. 달빛처럼 바람소리처럼 나는 내가 무슨 말을 하는지 영영 모를 거예요.

초대장

오늘 밤에도 사건 속으로 수많은 아이들이 빨려들어 오고 노인들이 갑자기 창문 밖으로 뛰어내립니다.

그리고 만두피 속으로 사라진 사람들. 심장을 얼리기 위해 냉동실로 걸어간 사람들도 만두의 형식을 취했습니다.

도마 위에 몸을 눕히고 기다리세요. 당신한테서 매운 향기가 피어오릅니다. 칼을 들고 가겠습니다.

우리는 아픔 없이 잘게 부서질 수 있습니다. 우리는 잘 섞일 수 있습니다. 만두의 세계는 무궁무진합니다. 측량할 수 없는 별빛.

그리고 헤아릴 수 없이 많은 자석들이 요리의 세계로 사람들을 끌어당깁니다. 맨발로 부드러운 밀가루를 밟으며 뛰어다녀도 좋습니다. 밀려오는 파도는 밀려오고 쓸려가는 파도는 쓸려가고 썩은 과일은 술이 됩니다. 우리는 만두가 됩니다. 끓는 물에 둥둥 떠오를 수 있습니다. 환하게 터질 수도 있었습니다.

프랑켄슈타인의 신부

나는 실험실에서 태어났다. 푸르스름한 침낭 속에서 아아아, 기지개를 켜며 필라멘트처럼 눈을 깜박였다. 박사님, 박사님, 물결을 일으켜줘요. 내게 감동을 불러일으켜줘요.

나는 실험실에서 태어났다. 박사님은 굿모닝, 내게 또 오늘 하루를 기념하며 뽀뽀를 해주죠. 오늘은 18세기 초, 내일은 21세기 말이래요.

나의 사랑은 자살을 선언한 사이보그, 그의 숭고한 정신을 사모하기 위해 나는 실험실에서 태어났다. 흰쥐들은 나날이 무섭게 살이 찌는데요, 박사님, 박사님, 내일쯤엔 흰쥐들이 우리의 마차를 끌 수 있을까요?

오늘은 18세기 초, 나의 거대한 사랑은 더러운 망토를 펄럭이며 저토록 고독하게 걸어가요. 내일은 21세기 말, 우리들의 결혼식이 있어요.

박사님, 박사님, 실험실 밖에서는 아무도 실험을 하지 않나요? 나는 실험실에서 태어나서, 첫울음 대신 첫사랑 나의 프랑켄슈타인. 박사님은 굿바이, 굿바이, 나의 미래를 축복해주시겠죠.

나는 아직 작은 가슴이지만은요, 쿵, 하는 소리는 땅에서 하늘까지

소녀의 기도

소녀와 비행기의 실루엣이 겹쳐져요. 소녀는 정말 비행기가 되고 싶었거든요. 몇 달 동안 천천히 부풀어오른 소녀의 배를 봤을 거예요.

비행기에선 폭탄을 높이 쳐든 사나이가 사람들을 위협하고 있어요. 사나이는 반짝이는 권총을 소녀는 둥근 배를 어루만지고 있잖아요. 그렇지만 아저씬 나쁜 사람처럼 보이지 않아요.

아저씨 소원은 뭐예요? 소녀는 울지 않는 착한 아기와 함께 조용하게 입양되고 싶어요. 사랑하는 엄마 아빠는 새처럼 외국어를 쓰고 소녀는 한국어를 영원히 잊겠어요. 소녀는 아기의 누이처럼 다정하게 굴 거예요.

동생은 어느 날 태평양 상공에서 폭탄을 꺼내 들 거예요. 그 애는 항상 전사가 될 거라고 소녀에게 속삭여주었거든요. 멋지구나, 그렇게 말하며 소녀는 한 숨을 쉬곤 했지요. 연기 같은 게 흘러나왔어요.

소녀는 비행기가 됐잖아요. 그런데 아저씨 소원은 뭐예요? 간절히 기도해드릴게요. 우리는 전부 지상에서 붕, 떴는데

말라깽이 L의 식탐

늘 좋은 음식을 먹고 있어요. 음식과 헤어지지 않아요. 당신과 헤어졌어요.

당신은 내게 통닭을 사가지고 오는 존재였어요. 나는 웃는 해골이었는데, 아침마다 당신은 내게 물을 부어 마셨죠. 당신은 道人이 되었어요.

통닭이 날아가겠어요? 내가 먹은 통닭은 500마리, 백일기도를 드렸지만 살이 찌진 않았어요. 아, 통닭은 차례차례 날아갔군요. 항문을 막아야 했을까요?

지금은 여행 중이에요. 오리의 마을, 염소의 마을, 은갈치의 마을, 道를 물었어요. 道를 모르시니 음식점을 가르쳐주세요. 음식점을 물었어요. 애석하게도 L의 집을 모르시니 道를 가르쳐주세요.

음식은 그 고장의 색깔이고 향취랍니다. 오징어의 마을, 고추장의 마을, 감자의 마을, 흑돼지의 마을, 여행은 계속됩니다.

척추에 대해서

천을 두르고 펄럭펄럭 걸어가는 사람들.

천은 많은 것을 덮었으나 그중에 팔이나 발목 같은 게 없기도 했다. 종종 아이들이 감쪽같이 사라졌으며 몇 년 후에 다른 대륙에서 나타나기도 했다. 갑자기 강한 바람이 불어서 천이 공중으로 들려 올라갔을 때

서 있는 사람들.

천막들.

놀랍게도 빛나는 식기들과 칼들이 주렁주렁 매달려 있었다. 그 모든 것이 악기로 변모하는 순간이 있었다. 그들이 전염병처럼 번지고 있었다.

지옥 훈련

우리는 서로를 두들겨 패야 한다. 우리는 훈련소다. 관절들이 드디어 소리를 낸다. 우리는 변형될 수 있다.

드디어 나를 알아보지 못할 것이다. 새로 조립된 내가 마음에 든다. 나는 정확하며 빠르다.

햇빛보다 빠르게 나는 이불에서 빠져나왔다. 나는 타이어다. 나는 나팔을 불며 훈련소를 한 바퀴 돌았다. 나는 작동한다. 우리는 황량한 벌판이다.

나는 얼마든지 구를 수 있다. 타이어 자국은 쉽게 지워진다. 그러나 여덟번째, 아홉번째 일어나는 사람들처럼 나는 계속될 것이다. 내가 뚝, 끊긴다면 늘 조심스러운 그대여,

그곳에 절벽이 있다. 연료는 언제나 남아 있다. 나는 더러운 기름이다. 다른 엔진과 연결될 필요를 느낀다.

식판을 들고 우리들은 천천히 이동하고 있었다. 나는 오래 침을 흘리고 있다.

너의 발성(發聲)

나는 걸어다녀, 뛰어다녀, 어느 날
아래로 자라는 송곳니
멈출 수 없다면
멈추지 않겠어,
누가 그런 결정을 했을까

위로 자라는 아이들을 뽑아올리는 힘은 아이들의 것일까
뿌리가 드러나고
쓰러진 것 같은 모습이야

나는 아이들을 안고
아아아아 녹아버릴 것 같아

송곳니는 자란다
아이들을 차례로 관통하여
바닥없이 아래로
드디어 아주 낯선 목소리로

나는 나라고 할 수 없는 소리로
송곳니 사이로
새어 나오는

이런 새벽에 휴대폰은 뒤집힌 풍뎅이처럼
한 번만 뒤집으면
날아가겠지
그런데 누가 네발로 기어나갔을까

내 앞에는
송곳니가
드디어 바닥에 닿아
나는 만질 수 있지
뭔가 결정되는 석고처럼

원반 던지는 사람

그는 원반만 던져야 한다. 소수의 노인들만이 원반과 함께 사라질 수 있다.

그는 뒤집힐 듯해도 이마에서 코끝까지 거의 일직선이다. 콧구멍은 어디쯤에서 구부러져서 목으로

귀로 통했다. 그는 드러내지 않았을 뿐 콧물을 목으로 넘기곤 했다. 그는 굽이굽이 산골짜기로 이어져 있었다. 십이지장과 우윳빛 벌레들. 맑은 물.

원반은 그의 손을 얼마나 멀리 떠날 수 있을까? 그는 우리를 깜짝 놀라게 한 기록을 갖고 있다. 그런데 그는 거의 굳어버린 사람 같다.

달리는 사람들은 트랙을 돌고 있었다.

제3부

착한 개

착한 개 한 마리처럼
나는 네 개의 발을 가진다

흰 돌 다음에 언제나 검은 돌을 놓는 사람
검은 돌 다음에 흰 돌을 놓는 사람
그들의 고독한 손가락

나는 네 개의 발을 모두 들고 싶다, 헬리콥터처럼
공중에

그들이 눈빛 없이 서로에게 목례하고
서서히 일어선다

마침내 한 사람과 그리고 한 사람

당신의 표정

거울 같은 표정으로 맞이해야지.
열매가 너무 많이 달린 무거운 나무처럼
나는 풍요롭고
떨어뜨려야 할 것들이 많다.

재미있을수록 나는 잔인해진다.
감정을 똑같이 나누기 위해
나는 거울 같은 표정으로.

닿을 듯이 다가오면 우리들의 입김처럼 모호하게 흐려져야지.
여기엔 당신뿐이야.

당신이 한 발 한 발 뒷걸음질치면 나는 계단처럼 동그랗게 작아져야지.
점점 작아지는 동그라미 속으로 굴러 떨어진 사람들 중에는
더 멀리 굴러간 사람과

영영 움직이지 않는 사람들이 있다.

재미있을수록 나는 순수해진다.
죽음을 똑같이 나누는 두 개의 접시처럼.

다시 한 번 더! 나는 미세한 소리와 동시에 작동해.
깨진 거울 같은 표정으로
당신이 먼 곳에서 움직였다.

당신과 당신

당신과 당신은 u와 U
너희들은 커플링 같구나
나는 당신을 끼고
당신은 당신을 끼고

비스듬한 오후에는 다같이 비스듬하게
정면으로 오는 차는 정면으로 충돌하고

연인들의 짧은 이름은 폭죽
대낮을 배경으로

내가 아는 연인들의 가장 긴 이름은 일주일 후에 시작된다
나의 에세이에는 주제가 없고
나에겐 이름이 없다
없는 것들의 목록을 당신과 당신이
당신과 당신을 우르르 탕탕 노래하고

저 난동을 어린이처럼 지켜보는구나
조용해진 당신과 당신은 W와 w
사이사이에 모가지 없이 서 있구나
나는 당신을 당기고
당신은 당신을 당기고

우리들은 나누어 가진다, 천진하게
당신과 당신은 공연에 참여한다
거짓말을 할 때도 천진하게

옆모습

옆모습은 너의 절반일까
똑같은 눈
똑같은 코
냉장고와 프라이팬에 나뉜 고깃덩어리처럼
꽁꽁 어는 것
불 위에서 녹고 타는 것

옆모습은 어디서부터 어디로
어디까지 확장될까
상상은 잘 펼쳐지지 않는다
똑같은 모양으로 구부러진 팔을 상상하는 순간
무서워!
태어나지 않은 동생들처럼
팔은 꿈속에서도 먼지 속에서도 자란다

선반은 언제나 너무 높고
네가 발꿈치를 들 때
손이 손을 떠나 네가 문득 비었을 때

똑같은 손이란 무엇일까
상상할 수 없는 일이란 무엇일까
네가 네게 칼자국을 몇 개 긋고
싱싱한 화초처럼 불꽃을 심을 때
오그라드는 살과
명확해지는 뼈
너는 상상할 수 없는 것들을 향하여

천천히 회전한다
네게 박수를 보낼 수가 없어!
오른손이 왼손을 모르고
오른손이 오른손도 모르고
너는 자꾸 벗어난다

구름 전쟁

구름의 출격이다. 구름 같은 것이 아니라 구름. 일천구백구십구 명의 사람들이 사나운 몸짓으로 한데 모였다면 저 한 덩어리 구름의 효과를 낼 수 있을 것이나, 동쪽 마을 사람들은 뿔뿔이 흩어져 짐을 싸고 있다. 이 밤을 넘기면 더 많은 사람들이 더 멀리 흩어질 것이다.

구름의 창과 구름의 창이 그들의 지붕 위에서 부딪치고 있다. 구름의 창 같은 것이 아니라 구름의 창. 스피커는 알 수 없는 음향을 흘려보내고, 스크린은 구름의 방패에 아로새겨진 명예의 휘장을 보여준다. 구름에 대해 그들 중 일부는 미학적인 동요를 일으키기도 한다. 어느 날 구름에 이끌려 전쟁터로 달려간 열두 명의 사람들이 목발을 짚고 나타난다. 몽상가 클럽이 결성된다.

그러나 구름의 방패 같은 것이 아니라 구름의 방패. 구름에 대해 은둔자 클럽, 허무주의 클럽, 과학자들의 특별한 저녁모임이 있다. 어느 클럽에나 상징적인 탁자가 있다. 웅변 도중에 탁자를 자주 내리쳐서 터프가이로 통하는 저 청년은 훗날 운전기사가 된다. 졸다가 소스라치는 저 아가씨는 훗날 딱 한 번 그의 택시를 타게 되는데 기분 좋게 거스름돈을 사양했다. 깃털 같은 것이 아니라 깃털.

너무 억울해서 땅을 치고 우는 사람들이 간혹 있었으나, 꼬마들도 구름 같은 것은 무서워하지 않는다. 그러나 구름 같은 것이 아니라 구름. 구름의 출격이다. 지금부터 우리들은 술잔을 부딪치며 모모의 어린 시절로 거슬러간다. 그날 밤에도 비가 억수같이 퍼붓고 있었는데, 쪽지도 남기지 않고 엄마가 맨 먼저 도망을 쳤다. 모모는 꿈을 꾸고 있었다. (계속)

한 사람 1

그가 혁대를 풀었다는 소문이 돌았다. 그리고 벌렁 드러누웠다는 것이다. 근거가 없는 것은 아니었지만 그에 대해서 정확한 건 없었다. 그는 **한 사람**이기 때문이다. 어쨌든 우리는 흙을 밟을 때 조심하고 있었다. 느닷없이 그가 일어나

한 사람이 왜 갑자기 힘이 없는 줄 아느냐고, 연민을 불러일으키며 말했기 때문이다. 그가 **한 사람**이었기 때문에 우리는 어쩔 줄을 몰랐다. 그는 압도적인 부피를 지녔기 때문에 우리는 공포심도 느껴야 했다. 우리는 얼어붙을지도 몰랐다.

고전적으로 그를 정의하면 비극이었다. 혁대는 우리의 인생 같은 것인지도 몰랐다. 컨베이어벨트 어디쯤 우리는 완성을 향해 배치되어 있었다. 그는 **한 사람**이다. **한 사람**에게 연민을 느껴 우리가 함께 눈물을 흘린다면, 시원하게 배설할 수 있는 게 있었을까?

역사상 희망은 엄청난 양의 눈물을 필요로 했다. **한 사람**이라면 그렇게 울 수 있다고, 느닷없이 그가 일어나 결연해진다면

우리는 우울해질 것이다.

한 사람 2

그 애는 학교 같았습니다. 그 애의 뒷문에서 우린 도망치는 걸 배웠어요. 오로지 도망치기 위해 용감해져야 했어요. 그 애는 칠이 벗겨진 뒷문 같았다가

지하철 개찰구 같아지기도 했는데, 우리는 1300미터 아스팔트를 내달리고 66개 계단을 내처 밟았는데,

왜 아무것도 변하지 않는 걸까요? 아래층에서 사람들이 올라오고 아래층으로 사람들이 서서히 떨어졌어요. 한 사람이 버티고 있었습니다. 그 애는 안내방송 같았습니다.

그 애는 주차장 같았습니다. 그 애는 기둥 같았습니다. 그 애는 아파트먼트를 떠받치고, 우리는 그 애가 떨어뜨린 그림자 위에서 휘파람을 배우고 춤을 배웠어요. 또 싸움도 잘하게 됐어요. 먼지와 리듬에 섞여 있었습니다.

코에서 피가 흘렀어요. 그때 그 애는 코 같았습니다.

한 사람 3

잔디는 어디까지 자라나. 잘 자라서 잘 죽었나. 푸릇푸릇 똑같은 발목으로 일어서는가. 버려진 정원. 한 발자국 더 뒤에 물러서 있는 정원처럼.

밤과 어둠의 차이를 우리는 정원의 어느 구석에서 알아챘는가. 밤의 정원. 저녁의 정원에도 정혜, 은혜, 미혜 같은 명찰이 붙여진 나무들이 잎사귀, 그림자, 잎사귀, 그림자를 드리우나. 정원의 여자들은 어디로 다 흩어졌나.

우리들은 어디에 모여서 한 사람이 되었나. 우리는 이곳까지 달려오면서 많은 이름들을 붙였다, 뗐다, 붙였다, 투명테이프처럼. 안녕. 안녕. 금방 버려진 이름들과 함께하였던 우리의 유머와 블랙. 사랑과 블랙. 우리들은 사랑스럽고 드디어 모호해진다.

정원은 한 발자국 한 발자국 우리들의 뒤로 물러섰나. 끝에서 끝을 넘어갔나. 한 발자국의 깊이에 대해서.

한 발자국의 어둠에 대해서. 내가 천천히 걸어 다니던 시절에 나는 생각했을까. 버려진 정원에서 잔디는 어디까지 자라나. 겨우 그것을 얼마나 덮었나. 나는 어떻게 점점 커졌나.

눈사람

왜 나는 눈이 오면 눈사람을 만들까?
햇빛이 비치면
왜 나는 가난한 집 아이로 태어났을까?

눈사람은 좋겠다.

시간이 펑펑 남아도네. 눈보라처럼 어지럽게 아이들은 자라고 눈사람은 점점점 작아진다. 눈사람이 작아졌다! 엄마가 죽었다. 내가 예뻐지기 시작했을 때 아버지가 죽었다. 눈사람에 대한 애정과 관심 때문에 나는 점점 이상해진다는 말을 들었다. 내가 어떻게 보이는지 자세히 좀 말해줄래? 요즘은 거울도 내 얼굴을 보여주지 않아. 나는 아직 남아 있는데 마치 다 녹았다는 듯이.

내 눈사람들은 다 어디로 갔을까?
마치 찬장에서 설탕이나 기름병이 사라졌다는 듯이
사소하게
나는 시장에 간다.

비에 대한 감정

그날 비는 감정적으로 내렸다

젊은 코끼리가 온 힘을 모아 코를 휘두르듯이
초목이 출렁이듯이

마침내 낙타가 해진 무릎을 꺾고 아무것도 담지 않은 눈빛을 던지듯이
낙타의 등에서 기절초풍할 비단이 펼쳐지듯이
중국 도자기가 굴러 떨어지듯이

그날 자동차들은 비단에 휘감겨서 아름다웠다
커브 길에서
상욕이 튀어나왔다

그날 나는 감정적으로 비와 대립했다
함께 하늘을 올려다본 사람들이 저마다 가슴을 쳤다
아, 입을 벌렸다

코끼리의 위대한 코에 감겨 공중 부양된 저 아이들이 까르르 까르르 웃고
마침내 앙, 울음을 터뜨리듯이

그날 비는 감정적으로 내렸다
마지막까지 내렸다

소란과 고요

백 년 동안 바람이 불었고, 그리고, 바람이 아주 심한 날에 날아가지 않는 것들은 많지 않았다. 바람이 아주 심한 날에 날아온 것들이 다시 바람이 아주 심한 날에 날아가곤 했다.

마을의 돼지 떼가 날아가버린 대낮에 나는 돼지보다 무겁다는 사실을 알았다. 고요한 밤이 연기처럼 찾아왔을 때 나는 슬프다는 것을 알았다. 돼지야, 돼지야, 이제 나는 뭘 믿고 사니? 나는 뭘 먹고 사니?

나는 백 년 만에 빗자루를 잡았다. 죽을 때가 되면 안 하던 짓을 한대지. 좋은 일이야. 깨끗이 마당을 쓸고, 그리고, 오랫동안 늙은 망령이 빗자루를 잡고 서 있었다. 또 벌써 지저분해졌잖아, 나는 참을 수 없다는 듯이 분개해서 빗자루를 뺏었다.

바람이 불지 않는 날들이 계속되었다. 나는 빗자루를 잡고 서 있었다. 나는 비바람처럼 비질을 하면서 너무나 감미롭게 싸악, 이라고 발음을 했다. 벼이삭이 쓰러지고, 사과나무에서 떨어진 사과가, 배나무에서 떨어진 배가 향기를 피워올리며 썩기 전에 먼저 데구르르 상처를 내면서 쓸려나갔다. 그리고, 바람이 불지 않아도 날아오는 것들이 많았다. 푸른 먼지 위에 붉은 먼지와,

그리고, 나는 불멸의 이름을 얻었다. 나는 계속해서 아무것도 먹지 않았지만 때로 주체할 수 없이 힘이 솟구치는 날이 있었다.

탁자가 있는 풍경

그 탁자 위에 우리들은 손을 모으고 우정을 맹세했네. 굉장한 음악소리가 쾅쾅쾅 심장소리를 눌렀네. 고함을 질렀네. 여기, 열 개의 손은 달음박질칠 수 있는 하나둘셋 열 개의 다리와 이어져 있네.

손가락의 개수를 세고 발가락의 개수를 세지 않았네. 아랫입술과 윗입술이 달라붙으면 침묵이라고 말했네. 나는 미소, 그 애는 신음이라고 말했네. 그건 같은 말이잖아, 하고 소리친 녀석이 있었네. 손가락을 걸거나, 발가락을 걸거나

말거나, 우리들의 우정은 탁자 위에 있었네. 그 탁자 밑에서 너의 다리와 나의 다리가 합쳐졌다가 천천히 떨어지고 있었네. 그렇지! 수학적인 장난이었네. 그날 신발에 흙을 묻히고 온 한 친구가 있었네. 흙은 어디서 왔나? 녀석에게는 간첩, 농부, 노루사냥꾼, 기타 등등이 농담으로 쏟아졌네. 그런데 말이지, 노루는 다 어디에 숨었나? 오해이거나, 농담이거나

말거나, 살인에 대한 상상이 스치고 지나갔네. 우리들은 손을 모으고 있었네. 손으로 하는 일과 발로 하는 일을 나누지 않았네. 주먹으로 치거나 말거나, 발로 차거나 말거나, 백 개의 손은 백 개의 발이라고 말했네. 보지 않고 믿었네.

시체가 되다

의자는 패어 있다. 의자는 다문 입술 같고 의자의 형상으로 나는 이상한 저녁을 통과한다. 나는 고요하고 푸른 사람들에 속하게 되었다. 나는 대낮에 살해되었다.

나는 누구를 책망할 것인가, 말 것인가. 나는 누구의 뒷모습을 가리킬 것인가, 말 것인가. 몇몇 얼굴들이 떠오른다. 얼굴은 얼굴을 부른다. 은희는 정희의 언니가 아니다.

그녀는 억울한 표정을 짓는다. 소년탐정 김전일 왈, 살해당한 사람은 스스로 범인을 지목하지. 범죄의 재구성은 김전일의 창작노트다. 나는 시체 B, 나를 바라보는 김전일은 이마에 주름을 만든다. 시체들은 마지막 표정을 검은 항아리의 문양처럼 소장한다. 추리는 달빛같이 은은하게 시작된다. 김전일은 다음 날 가방을 매고 학교에 간다. 곧 여름방학이다. 은희는 정희의 언니다.

너무 멀리 떨어져 앉은 듯이, 나는 깊숙이 패어 있다. 더러운 피는 깨끗해지지 않고 심장은 더 이상 나의 음악이 아니다. 나는 다른 온도에 속하게 되었다. 나는 의문의 연속. 너의 손에 쥐여진 엉뚱한 열쇠. 열쇠를 바꿀 수 없다면 문을 바꿔라. 오우케이? 나는 아무 데서 멈추었다.

시체의 감정은 얼굴 표면에 구겨지거나 펴지지 않는다. 결정적으로, 시체는 말이 없다. 이 점이 특히 마음에 든다. 오늘은 시체가 된 이후 두번째 보름달이 뜬 날이다. 달빛, 달빛,

모모의 아침

팔다리여,

오른손으로 오른발을 만진다 왼손으로 왼발을 만진다 오른발 옆에 왼발, 왼발 옆에 오른발, 손을 조금만 옮기면 오른손은 왼발을 만진다 오른손과 왼손이 그렇게 포개졌을 때

딩동, 눈물이 떨어졌다

해가 몸에서 녹도록 팔다리를 저었는데, 해는 다시 떠오르고
발은 카펫 위에 벗겨져 있다 실내화처럼
정물화처럼

또 그림 위의 딱딱한 유리처럼
발은 풍경을 바꿔놓지 않았다

네 마리의 말과 팔다리여,

너희들은 식구처럼 고삐를 매고 달리는구나! 서로
쳐다보지도 않고

손이 발에 닿는 거리는 그렇게 늘 비슷하다
팔다리여,

하루 종일과 그리고 다음 날 아침이여,

모자이크

저 모자이크 아래에 유기체가 움직이고 있다.
팔을 부드럽게 구부려
얼굴을 덮는 유기체에게

유기체는 연락을 받지 못했다.
그래서 마중을 나갈 수 없었어. 빗방울이 떨어지는데 빗방울을 깨뜨리면서 뛰어갔겠구나. 빗방울처럼 분명하게 도로는 뻗어 있고 골목과 골목과 골목으로 흩어진다.
유기체는 편지를 쓰고
유기체는 국수를 먹고
유기체는 얼굴을 덮어버린다.

저 모자이크는 빗방울을 깨뜨리지 않고 통과시킨다.
저 모자이크 아래에
지붕이 있고
천천히 구부러지는 숟가락이 있다. 유기체는 숟가락에 기를 모으고 있다.

유기체의 통일성은 어떤 표정으로 모일 것인가.

구부러지는 파이프와 구부러지지 않는 파이프가 있다.

유기체의 손이 땅을 긁고

포크레인은 얼마나 깊게 땅을 팔 것인가.

지붕에 이르기까지

저 모자이크에 이르기까지

모래와 시멘트는 섞이고 구부러지는 파이프와 구부러지지 않는 파이프에 물이 흐른다. 유기체는 얼굴을 덮었고

저 모자이크 아래에 평화로운 마을이 있다.

유령의 집

심장이라고 불렀지.
그 몇 개의 방.
나는 그 몇 개의 방이었지.

303호 심장은 부활했지. 부활한 심장은 괴물이라고 불리지. 606호 심장은 낙엽같이 누웠어. 나는 바스락거리고 당신은 잠을 이룰 수 없어. B103호 심장은 사랑을 나눴네. 나는 빨리 그곳을 비웠네.

그 몇 개의 방을 순환해.
가끔 친구들이 놀러 오지. 여주인처럼 구는 짜식도 있어. 302호 심장은 노예처럼 굴지.
그 몇 개의 방에서
나는 그 몇 개의 방.

그 몇 개의 방은
피부같이 곰팡이가 피고
손톱같이 죽은 후에도 자라지.

방을 옮기며

나는 점점 인생을 닮아가네. 808호 심장은 눈비가 흘러내리는 창문을 가졌네. 창문이 덜컹거리고 나는 목욕물을 데우지.

당신은 얼어붙었는데

심장은 녹지.

놀이의 발견

누가 누가 더 닮았나
너의 시체 위에
내가 쓰러져 나의 시체 위에 얼굴이 떠오를 때

우리들이 시체로 누워 있을 때도
외롭니?

마치 파혼선언처럼 플래시가 터질 거야
새가 날아가는 풍경화처럼
허공에서 정지한

사진을 돌려보며
분리감을 느끼는 거야

석고붕대를 뜯어내고 6주 만에 드러나는 다리를 만질 때
걸어도 될까요?
인사를 하고 싶은데 당신에게 최대한 구부려도 될

까요?

파티는 이제 다시 시작되지
음식이 있고
음악이 아닌 것이 있고
더 많은 게 찾지 않아도 있을 거야

닭고기 파티

파티는 절정을 초과하여 이상한 나라로. 절정에서. 우리는 닭의 벼슬을. 얇은. 말랑말랑한. 절정을 지나 우리는 닭의 부리를. 우리는 애정의 표시로 서로에게 쿡쿡.

절정에서. 절정을 지나서 우리는 뚝. 사랑을 멈출 수 있을까?

이미 닭들은 우리의 위와 창자를 바이올린처럼. 피아노의 흰건반과 검은건반처럼. 장구처럼. 개수통의 그릇들처럼. 연주하기 시작했네. 가슴살과 희미한 날개. 닭의 발이 뭉개져 있네. 머리 위에서 터진 달걀 폭탄처럼.

이상한 나라에서 이상하지 않은 나라로. 우리는 스며드는 습기처럼. 바다를 건너온 바람처럼. 조금 따뜻하고 조금 더러운. 우리는 음악처럼. 핑크색 봄처럼.

어느 여름날들처럼. 진한 냄새를. 우리는 더 부드러운 피부와 깃털 같은 옷을 원하고. 원하는 것들을 노래하면서 우리는 태어나기 전으로. 노년의 미소 같은 것을 떠올렸네. 우리의 노래는 여운이 남아. 끝까지. 완벽하게. 사라지지 않네.

파티에 오지 않은 사람들은 이미 초저녁에 옷을 벗고. 더 먼 곳에 누워서 더 작은 아기처럼. 서로 얼굴을 돌린 작은 소녀들처럼. 잠이 드네. 짝짝짝. 하하하. 파티는 더 먼 곳으로. 흘러갈수록 오지 않은 사람들로 가득 차네. 약이 오른 닭들은 길게 목을 빼고 푸드덕.

이상한 나라로 뒤뚱뒤뚱.

개들의 합창

개를 파는 사내는 장난치듯 손가락으로 개의 머리를 튕겼다. "이 개들의 가치는 스프링에 있죠." 개들과 함께 사내가 덜덜거렸다.

개들과 함께 아이들을 풀밭에 풀어놓고 키우는 게 소원이었죠. 아이들의 가치야말로 스프링에 있어요. 얼마나 높이 뛰어오르는지! 오! 당신 머리 꼭대기에도 세 명의 아이가 앉아 있군요. 그 애들이 납작해질 때까지 매질을 해도 소용이 없어요. 아이들은 짖어대는 파도죠. 아이들에겐 집을 삼켜버릴 괴력과 큰 입이 있고,

입을 다문 아이들은 완벽한 집을 짓기 위해 너무 조용한 하루를 보냈어요. 아들을 잃어버린 여인이 탄식하며 풀을 뜯고 있었죠. 부조리한 당신은 놀라운 수리력과 암기력으로 이루어진 세계를 감상할 수 있어요. 언제나 성냥개비의 가치는 푸른 불꽃에 매달려 있고, 언제나 "이 개들의 가치는 스프링에"

당신의 이름은 전화번호부 2168966번째에.

작은 개들과 함께 사내가 덜덜거렸다.

비 오는 날

새의 부리와 무게를 고려해서 우산을 고르세요. 무기상에서 우산을 파는 건 비가 오기 때문이 아니랍니다. 당신은 새를 무서워하지 않나요? 난 겁쟁이들을 사랑해요.

나는 누구의 편도 아니에요. 오늘도 죽은 새들이 땅으로 떨어지지 않고, 빗방울들이 떨어지는군요.

죽은 새들을 붙잡는 힘은 신의 것일까요? 신은 자주 손을 놓고, 초능력은 박약한 젊은이의 눈빛에 번개를 새겨놓습니다. 이 우산은 훌륭해요. 하늘엔 점점 더 많은 시체들이 꽂히고

땅 위의 사람들은 점점 유령처럼 희미해져요. 그 긴 복도를 따라서 텅, 텅, 텅, 발소리를 낸 육체라는 게 문득 놀랍습니다. 사람들은 아무렇지도 않게 사람들을 통과하고, 별로 아프지도 않았습니다.

그렇지만 당신은 새를 무서워하거나, 또는 새들의 친구. 저 하늘이 빽빽해지고 있어요. 시체를 쓰다듬은 빗방울들이 무섭게 쏟아지고 있어요.

제4부

코러스

우리가 당신을 따라다니는 한 당신은 영원히 무대입니다. 당신은 조금 믿음이 부족합니다.

당신의 말씨가 조금씩 느려지면서 흐려질 때

우리는 천국의 입술처럼 열립니다. 사랑하는 이여, 한 걸음 물러서세요. 거긴 낭떠러지랍니다. 객석엔 몹시 지루한 사람들이 찢어질 듯 입을 벌리고 있어요. 한 걸음 물러서서

맨손체조를 하세요. 고독한 운동 후에 당신은 우리의 앞에 서서 날아갈 듯 무너질 듯 노래하세요. 우리가 따라다니는 한 영원한 무대.

원한다면 언제든 막을 내릴 수 있어요. 사랑하는 이여, 막 뒤에서 당신은 몇 개의 의자를 옮기고

우리의 긴 드레스에 반짝이를 붙였습니다. 당신은 아름다움에 기여했습니다. 우리가 당신을 따라다니는 한 당신은 영원히 무대. 믿음은 부족했지만

당신은 정면을 응시할 줄 압니다. 아무것도 보지 않는 법을 압니다.

손

마차에서 말들이 분리되는 순간
마차는 스톱! 하지 않았다
마차는
서서 생각하지 않았다

나는 생각하지 않는다
나는 쓴다, 나로부터 멀어지는 말발굽들처럼

극적으로 쓰러지는 대단원의 인물들처럼
다시 일어나 화려하게 웃으며 무대인사를 하는 여배우처럼
다른 사람처럼

허공에 휘어진 채찍처럼
나는 만지고
사랑하였다

나는 쓴다, 쓰고 나서 지우지 않고 쓴다

나는 살인의 현장을 지나, 떨어져 있는 칼, 다시 떨어져 있는 손, 갈퀴, 나의 가난

추적자의 손길처럼

환해지고

집요해진다

왕의 주먹이 만들어지고

쾅, 원탁의 한가운데를 내리치고 솟구치는

나의 날개

세계에 떨어지는 주사위들

다섯 살을 떠나며

누나, 다섯 살은 완벽한 나이입니다. 나를 좀 보아요. 그리운 나를. 다섯 살에서 다섯 살까지 늙어버린 나를 좀 보아요. 기분 나쁜 기침소리가 내게서 울려 퍼지고 있어요. 세상은 아파트 13층 베란다에서 시작되었습니다. 커다란 아버지가 나를 거꾸로 들고 서 있어요. 아버지가 그토록 사랑하였던 누나도 봤나요? 다섯 살이 하는 실수는 언제나 세상처럼 커요. 그곳은 허공입니다. 나는 떠 있어요. 새는 공중에서 멈출 수 있나요? 그곳에서 전부를 보았습니다.

흑흑흑, 흑색의 아버지는 가장 고요한 침대가 되었습니다. 나는 매일같이 아버지의 침상에서 기도를 드린답니다. 매일같이, 매일같이, 그것은 참으로 고독하고 열정적인 리듬입니다. 눈을 감는 것이 정녕 휴식을 뜻하는 것은 아닙니다. 아버지는 입술만으로 한 달째 떨고 있어요. 아버지의 소원은 죽는 것입니다. 한 달째 그렇게 나를 꼬시고 있어요. 나는 외면하고 있어요. 아직 나의 기도가 끝나지 않았으니까요.

떨림은 분명히 음악이에요. 누나, 그렇게 믿어요. ……. 나는 겁이 나니 동생들처럼 과일 바구니 속에 넣어줘요. 강물에 띄워줘요. 복숭아 냄새, 사과 냄새를 낼게요. 나는 검은 포도즙 한 방울 흘릴 수 있어요. 나는 다섯 살. 아주 먼 나라로 가서 훌륭한 젊은이가 되어요. 누나는 더 아름다워져요.

과자의 집, 술의 집, 자매의 집, 노인의 집, 사랑의 집은 비슷한 모양으로 지어져서 나는 우편물을 잘못 배달했을지도 모르는데…… 아무렇지 않아도 되는 걸까. 얘들아, 갈까마귀들아, 나는 내 동생을 어디에 떨어뜨렸니? …/… 그래요. 나의 심부름꾼 누나, 언제나 이곳은, 다시 이곳은 아니었어요. 그뿐입니다. 그리고 실수는 언제나 어린 시절을 떠올리게 해요. 그뿐입니다. 언제나 그뿐이에요. 그뿐. 누나를 사랑해요. 오, 그리운 나의 누나,

혁, 우리들의 어머니는 미치고 말았습니다. 어머니가 아버지를 미치도록 사랑했다는 것이 증명되었습니다. 그건 정녕 미칠 만한 일이었습니다. 다섯 살에서 다섯 살까지, 3월이 오면 뜨거운 눈사람처럼 끝까지 녹아버릴 작정입니다. 해마다 3월이 오면 나는 결심하고 또, 또 결심해요. 나의 3월은 참담해요. 그러나 4월보다는 조금 낫고 5월보다는 훨씬 나아요. 5월의 식물들을 좀 보아요. 그들의 사생활은 깊고 이토록 어지러운 뿌리를 가져요. 초록은 은밀해요. 동물들은 훨씬 공공연하답니다. 그들은 술집에서 떠들어요.

누나, 우리들의 편지는 모두 불태워버립시다. 불과 연기는 언제나 밤을 아름답게 해요. 낙타처럼, 낙타처럼, 다시 낙타처럼 누나를 멀리 떠나보내야 하는 나의 슬픔을, 천천히 떠나는 슬픔을 우리 멀리 떨어져서 함께 장식하기로 합시다. 별과 별이 떨어져 있듯이. 누나, 아버지는 영원히 한마디도 하지 못해요. 그것은 사실이요 나의 작은 진실입니다. 나는 우리 누나를 위해 조금만 더 허공에 매달려 반짝이리니.

혀

혀를 내밀어봐. 멋진 활주로지. 몇 대의 비행기가
공중으로 뜨기 위해 달리네. 종종
도중에 바퀴가 녹기도 해. 네 혀는 뜨거워.

싱가폴로 향하던 비행기 한 대가 운명적으로 네 혀
에 떨어진 적이 있지. 몇 개의 운명인지는 알 수 없어.
텅 비어 있었을 수도 있을걸. 모든 게 화염이 되어
떨어졌으니깐. 그것들도 모두 천천히 녹아버렸네.
얘기 좀 해줘.

맛에 대해서
네 체온에 대해서
목소리와 천둥에 대해서

네가 삼킨 백 대의 비행기에 대해서. 구름 속의 유
리창에 대해서. 혀를 또 내밀어봐. 너는 건강에 대해
서도 조금 신경을 써야 할 것 같애. 앗, 뜨거워
결국 혀끝이 갈라지네. 비행기는 도대체 어느 쪽으
로 날아가야 하니?

옷장의 보석

옷장에서 걸어 나왔더니 나는 거의 다 큰 애처럼 보인다. 옷장에서 몇 년이 흘렀을까? 나는 여름옷을 입고 있었다. 얇은 옷은 구걸하는 사람, 시간을 잃어버린 미치광이처럼 보이게 한다. 부끄러운 일이야. 너는 거의 벗겨졌잖아.

환한 열쇠구멍 속에 나의 옷장은 목재로 만들어진 현실이다. 옷장 속에서 작은 아이들은 꿈을 꾸며 가장 작아진다. 옷장 속에서 거짓말은 매일같이 이야기를 늘이고 이야기 속에서 너와 나는 또 만났다가 또 헤어진다. 그래도 또 만나면 좋겠다. 나는 끝 같은 건 궁금하지도 않은데.

아저씨, 우리 집에 불이 났어요. 전화기에 대고 나는 언제나 거짓말을 했어요. 그래도 믿어줘요. 또 믿어줘요. 아주머니, 돈을 빌려주세요. 엄마가 돌아오면 갚아줄 거예요. 나는 기차를 타야 해요. 나는 파란만장 모험을 떠나요. 가슴이 마구 뛰어요. 파란 칼이 튀어나올 것만 같아요.

아파트 주민들은 회합을 가지고 대표를 선출했다. 주민들은 한곳으로 기울어진 듯했다. 이제 일어서야죠. 잊어버렸던 일이 방금 생각났어요. 나도, 나도 그래요. 나도 오늘은 꼭 옷장 속을 샅샅이 뒤져야겠어요. 덤불을 헤치고 쥐를 잡든, 양말을 헤치고 꼬마를 잡든, 노래하는 악마를 잡든, 달아나는 진실이란 언제나 사냥꾼들의 사랑의 형식? 하 하 하 하 하 …… 이 웃음소리는 해체적인 감정을 확산시킨다. 누구야?

상자 속에 상자 속에 상자 속에 …… 너는 얼마나 깊숙이 숨었니? 옷장에서 걸어 나와서 나는 오래 걸었어. 아주 오래된 일 같아. 옷장은 햇빛과 그림자 가득한 숲처럼 길을 잃게 해. 나는 도끼를 들고 옷장 속으로 들어가는데. 나는 여러 방향으로 나뉘는 빛처럼 쪼개지는데

건배!

케이크 주위로 애들아 모여봐. 축하할 일이 있는 사람들! 행복한 사람들! 손에 손에 초를 하나씩 꽂고. 이럴 때 자축하는 기분이란?

불을 붙여줄게. 입술을 조금씩 내밀고 후, 꺼뜨려주자. 제발 꺼뜨려줘. 내게 불꽃이란? 불꽃이란 지나치게 커져버려서 불행은 어디에서도 그림자도 보이지 않지. 내 안의 불꽃이 아니고 불꽃 속의 나란? 아무 말도 할 수 없지. 너무 많은 말을 나비의 날갯짓처럼 쉬지 않고 할 수 있어. 어디, 어디에 내려앉을까?

이윽고 우리들의 입이 아주 가까워졌네. 불이 꺼졌으니 애들아, 우리 키스라도 할까? 너는 웃기지. 키스는 둘이 하는 거잖아. 코끼리라면 아홉 마리의 코끼리는 아홉 개의 코를 땅에도 하늘에도 모을 수 있겠지. 곡괭이로 땅을 내리찍듯이? 누가 죽었나? 어두운 영혼을 끌어올려 간구하듯이? 구름, 구름, 흘러가지. 네가 원하는 게 뭐니? 그런데 코끼리가 원했을까? 그런 쇼를.

몇 개의 입은 길어졌는데, 또 몇 개의 입은 케이크 속에 파묻혔는데, 우리들의 숫자만큼 쪼개진 케이크 조각은 우리를 공평하게 할까? 포크로 찍으면 우리는 덜 달콤해질까? 넌 왜 우니? 신경질 나게.

케이크 모양이 사라지고 조금씩 남는 케이크는 우리를 슬프게 할까? 튀김닭처럼 보기만 해도 배부르게 할까? 여기는 항상 좋은 곳이지. 한겨울 밤과 한여름 밤이 똑같이 따뜻하고 시원해. 내일 밤처럼 오늘 밤 우리들은 남았을까? 축하할 일만 한아름 남았을까? 건배. 술이 넘치고 우리들은 넘치네. 우리들을 위하여!

세월

발이 보이지 않게 달리기를 하지요. 점점 빠르게. 아아아 느리게. 마지막 숨결은 얼마나 멀리 있는 걸까요? 가까운 듯.

나는 달리기예요. 오른발 다음에 왼발, 모래 새벽에는 국경을 넘게 되지요. 총성이 까마귀 울음소리보다 자주 들리는 곳, 이곳에서는 점치는 여인들만이 늙어서 죽습니다. 탕, 탕, 탕,

총알을 피하듯, 나쁜 음식과 나쁜 꿈을 피했습니다.

지금은 말이야, 가족이 만들어지는 혼돈의 밤을 정리하기 위해 세번째 총성이 너의 귀를 흔드는 시각. 눈을 흐리게 하고, 탕! 거울 앞에 서보아라. 노파는 혼례복을 입은 손녀를 불러 마주하였습니다. 아름답구나. 처녀는 깜짝 놀랐습니다.

십년 후, 왼발 다음에 오른발, 나는 달리기예요.

오른발 다음에 왼발, 세월은 보이지 않아요.

나는 지나갔어요. 가장 슬픈 마음도 나를 붙잡지 못해요.

순간의 의미

광장의 햇빛 속에서는 옛날이야기도 들려오지. 왕년에 남자는 오로지 사람만을 때려 눕혀서 교도소를 들락거렸노라고. "일고여덟 번은 딱 한 번처럼 겹쳐지지. 언제나 분노는 마치 거울 속으로 주먹이 들어가는 것과 같았구나. 감방도 거울 속과 마찬가지. 그러나 그것은 잠깐 동안에 벌어진 일."

오랫동안 남자는 비둘기들의 아버지처럼 서 있어. 오, 빵가루를 뿌리는 자의 거대함이여. 광장의 사람들을 치우고 저 멀리서 다가가며 볼 수만 있다면! 그것은 거룩한 풍경처럼 햇빛 속에 서 있어. 나는 어느 날 그렇게 볼 수 있어. 그렇지 않았다면 그것은 도취한 거렁뱅이였을 수밖에! 놀라서 한 번 눈을 비볐더니.

모든 게 확실하게 바뀔 때가 있어. 여기 비둘기들의 부리는 놀라운 집중력과 날카로움을 보여주지. "화려하구나! 가루를 향해 나아가는 것들에겐 그런 게 있지. 가루가 되어 날아가는 것들에게도 칼끝같이 번쩍이는 기쁨이 있지. 기쁨 반 슬픔 반, 그런 식의 감정에 속으면 안 돼." "왜요?" 나는 바보 천치처럼.

광장의 남자는 선생처럼, 나는 제자처럼, 그런 하루가 있어. 이상하게 믿음이 생기고 뼈가 서고 살이 부풀어오르는 것 같은. 광장의 비둘기들이 우우우 한꺼번에 날아갈 때.

빛과 그림자

망치에게 집이 있겠는가. 당치도 않은 소리.
벽 속으로 들어간 건 당신이잖아.

아이들이 모두 잠든 고아원에서 누가 나를 들어 못질을 하는가. 왜 다락방은 폐쇄되어야 했는가.

왜 당신(망치)은/는 불꽃같이 화를 내고, 왜 당신(망치)은/는 망치(당신)의 은유가 되었나요? 나(망치)는 은유가 아니다. 나(망치)는 숨기는 게 없다. 숨어야 하는 건 당신이잖아. 왜 당신은 이불을 끌어당기는가. 그토록 추웠나. 오오, 그토록 견딜 수 없이 부끄러웠나.

나는 덥다.
나는 망치다.
나는 그곳에 없다.

나의 의지는 밖에서 작동한다. 천둥과 번개를 거느

린다.

실천은 소리와 빛을 생산한다.

나는 두드렸다. 쿵쿵 머리를 찧었다. 두드려라. 두드려라. 두드려라.

돌아갈 집이 무너지고

당신이 깔리고

나는 떠났다.

뒤돌아보면 폐허. 언제나 사람들이 일어서고 있다.

누가 나를 들어 집을 짓는가.

어두워졌지만 왜 개는 짖고

왜 나는 멈추지 않는가.

깨끗한 거리

택시는 동대문에서 종로로 미끄러지듯 달리고 있었다. "세상에, 하나님 맙소사, 이 시간에 이렇게 빨리 달려보긴 처음이군. 감격스러워 눈물이 날 지경이야. 그런데 바퀴 달린 것들은 모두 증발해버린 것 같지 않아요?" 기사는 어리둥절했다. 어, 어, 어,

낙엽 몇 장이 공중으로 떠오르고 있었다. 마침내 세상은 물리적으로 뒤집힌다. 서서히 이루어진 일이었기 때문에 큰 혼란은 없었다. 레스토랑에서 사람들은 조금씩 고기를 잘라 먹었다. 사람들은 조금씩 약속 시간보다 먼저 도착했다. 종종 빛보다 빨리 도착하기도 했다.

나는 같은 남자와 두 번 연애에 빠졌고 두 번 작별인사를 했다. 안녕. 택시는 종로1가에서 종로2가로, 동대문으로 미끄러지듯 미끄러지고 있었다. 안녕. 낙엽 몇 장이 공중으로 떠오르고 있었다.

경관 한 명이 갑자기 모자를 벗어던지고 달리기 시작했다. 몽둥이가 공기를 휘저어댔다. 너무나 깨끗한 거리였고 어느 누구도 겁에 질리지 않았다. 달리는 사람은 헉, 헉, 헉, 입김을 내놓는다. 낙엽 몇 장이 공중으로 떠오르고 있었다.

꿈꾸는 광장

"맞아, 이건 분명히 꿈일 거야. 무시무시한 폭발음을 들었어." A의 이빨이 부서져 내리고 귀와 함께 이어폰이 떨어져 나왔다. "그래 꿈이야." 넥타이를 조이며 B는 너무 희박한 공기 속으로 걸어갔다. C가 외칠 차례다.

그러나 그에겐 G가 어울린다. 알파벳으로 가리킬 수 있는 개성을 한번쯤 존중한다. 불쑥 찜질방이 떠오르고 땀방울과 함께 흘러내린 몇 개의 얼굴들이 떠오른다. 오늘은 지독하게 더운 것이다. "나는 자주 이런 꿈을 꿔. 경험적으로 비명은 옆에서 곤히 자는 사람을 깨울 뿐이었어." 여자는 G를 흔들며 묻는다. "내가 당신을 죽이기라도 했어?"

C의 눈동자는 불타고 있다. "그래 꿈이야. 여기는 세상의 모든 악행이 구원받는 곳이지." 광장의 비둘기들이 C의 눈동자 속으로 날아들었다.

D, E, F는 다섯 개의 손을 모으고 큰 소리로 운다. 한 개의 손은 하늘을 움켜쥐고 있다. 그들의 울음 속으로 들들들들 드릴이 파고들었다. 시멘트 파편이 튀고, 가나다라 무희 같은 아이들이 뛰어논다.

"나는 여기서 숙식을 해. 분수대의 천사처럼 오줌을 누기도 하지. 지금부터 신문지로 햇빛을 가리고 키가 작아지도록 잘 테야." 그가 꿈꾸는 외양은 O 혹은 X였다. O 혹은 X는 천둥처럼 코를 골기 시작했다. 구름이 느릿느릿 흘러다닌다.

그리고 마스크를 한 K가 광장을 가로지르고 있다. 그리고 K보다 빠르게 사라진 사람들이 있었다.

다음날

달을 구경하고
휴가를 날려보낸다

삼촌이 발사한 인공위성에서 세 개의 발자국을 찍어서 보내왔다
한 번도 본 적이 없는 동물들을 상상한다

드디어 내 발은 어디에도 닿지 않고
백주에 지갑이 사라지는 중이다
그는 세상에서 가장 부드러운 손길로 돈을 세고
가장 센 주먹으로 벽을 칠 것이다

버스 기사에게 지갑을 잃어버렸다고 울상을 지었다
불쌍해 보이고 싶었다

삼촌의 어린 시절은 빛나는 미래소년이었다
과학자의 운명을 결심한다
드디어 어깨가 무거워진다

백주에 해가 떨어지는 중이다
나는 빛보다 빠른 버스를 탔다

신비한 일

낮에 자는 사람과
밤에 자는 사람은
언제 만날까

사람들이 만나는 시간은 신비해
낮에도 자고 밤에도 자는 사람에게도 약속은 생기지

12시
13시

내 그림자도 시간에 대해 말하지
나는 지금 길어지고 있어
어디까지? 나는 지금 걸어가고 있어

낮에 자는 사람과
밤에 자는 사람이
만나는 시간 가까이

더 가깝게

사람들이 앞만 보고 걸어다녀

뒤통수는 까맣고 까매

누구일까

모르는 사람

강변에 서 있었네
얼굴이 바뀐 사람처럼 서 있었네
우리는 점점 모르는 사람이 되고

친절해지네
손님처럼
여행자처럼
강변에 서 있었네
강물이 흐르고
피부가 약간 얼얼했을 뿐
숫자로 헤아려지지 않는 표정들이 부드럽게 찢어지고 빠르게 흩어질 때마다
모르는 얼굴들이 태어났네
물결처럼, 아는 이름을 부를 수 없네
피부가 펄럭거리고

빗방울을 삼키는 얼굴들
강변에 서 있었네
아무도 같은 얼굴로 오래 서 있지 않네

사라지는, 사라지지 않는,

더 휘저어라. 나는 충분히 섞이지 않았다. 나는 생각 못한 알갱이처럼 남아 있어서 목에 걸리고

길고 외로운 팔을 욕조 밖으로 늘어뜨리는 것이다. 당신의 목욕시간은 너무 길어, 당신은 소리치는 것이다.

아주 길어져야 하는 것들이 있다고 나는 소리치는 것이다. 식사시간보다 목욕시간보다 더 길어지면 긴 것, 연약한 것, 갈 곳 없는 것, 사라지는 것,

그리고 극단적인 기침이 어디서 터져 나오는 것이다. 사람 많은 곳에서 사람 아닌 것처럼 구부리고

구부렸다, 폈다, 구부리는 운동 속에서 나는 계속되지 않는다. 나는 불연속적으로 사람들 속으로 사람들을 떠난다.

| 해설 |

시뮬라크르를 사랑해

신 형 철

느낌의 공동체

느낌은 어떻게 오는가
—이성복, 「느낌」(『그 여름의 끝』)

나는 너를 사랑한다. 네가 즐겨 마시는 커피의 종류를 알고, 네가 하루에 몇 시간을 자야 개운함을 느끼는지 알고, 네가 좋아하는 가수와 그의 디스코그래피를 안다. 그러나 그것은 사랑인가? 나는 네가 커피 향을 맡을 때 너를 천천히 물들이는 그 느낌이 무엇인지를 모르고, 네가 일곱 시간을 자고 눈을 떴을 때 네 몸을 감싸는 그 느낌이 어떤 것인지를 모르고, 네가 좋아하는 가수의 목소리가 너를 어떤 느낌으로 적시는지를 모른다. 너를 관통하는 그 모든 느낌들을 나는 장악하지 못한다. 일시적이고 희미한, 그러나 어쩌면 너의 전부일지 모를 그 느낌을 내가 모른다면 나는 너의 무엇을 사랑하고 있는 것인가. 나는 네가 없는 곳에서 너를 사랑하고, 너는 네가 없는 곳에서 사랑받는다. 그러니까 나는 너를 사랑하지 못한다.

느낌이라는 층위에서 나와 너는 타자다. 나는 그저 '나'라는 느낌, 너는 그냥 '너'라는 느낌이다. 그렇다면 사랑이란 무엇인가. 아마도 그것은 느낌의 세계 안에서 드물게 발생하는 사건, 분명히 존재하지만 명확히 표명될 수 없는 느낌들의 기적적인 교류, 어떤 느낌 안에서 두 존재가 만나는 짧은 순간일 것이다. 나는 너를 사랑하기 때문에 지금 너를 사로잡고 있는 느낌을 알 수 있고 그 느낌의 세계로 들어갈 수 있다. 너를 사랑하기 때문에 지금 너에게 필요한 느낌이 무엇인지를 이해할 수 있고 그 느낌을 너에게 제공할 수 있다. 그렇게 느낌의 세계 안에서 우리는 만난다. 서로 사랑하는 이들만이 느낌의 공동체를 구성할 수 있다. 그러니까 사랑은 능력이다. 김행숙의 시를 읽으면서 알게 되었다. 이 시집의 제목은 '이별의 능력'이지만 '사랑의 능력'이었다 해도 좋았을 것이다.

이 시인은 '사랑'이라는 말을 극히 아끼는 편이지만 그것은 '사랑'이라는 말에 자주 실망했기 때문이지 사랑을 부정해서가 아닐 것이다. 이 시인에게는 사랑의 능력이 있다. 어떤 특정한 느낌의 세계에 입장할 수 있는 능력, 그리고 그 느낌의 세계로 독자를 초대할 수 있는 능력은 어여쁘다. 예컨대 그녀가 "나랑 함께 없어져볼래?/ 음악처럼"(「미완성 교향악」, 『사춘기』)이라고 말할 때 이것은 매우 특별한 느낌의 세계에서 날아오는 매혹적인 초대장이다. 사랑이 발생하는 순간이 이와 다르지 않다. 초대를 수락하는 순간, 시인과 독자는 같은 세계에 거주하게 된다. 반면 그 느낌의 세계에 입장하지 않는 사람에게 그녀의 시는 열리지 않는다. "당신은 그녀의 시를 좋아하는가? 그렇다면 우리는 친구가 될 수 있다." 이런 것이 김행숙의 시다.

이곳에서 발이 녹는다
무릎이 없어지고, 나는 이곳에서 영원히 일어나고 싶지 않다

괜찮아요, 작은 목소리는 더 작은 목소리가 되어
우리는 함께 희미해진다

고마워요, 그 둥근 입술과 함께
작별인사를 위해 무늬를 만들었던 몇 가지의 손짓과
안녕, 하고 말하는 순간부터 투명해지는 한쪽 귀와

수평선처럼 누워 있는 세계에서
검은 돌고래가 솟구쳐오를 때

무릎이 반짝일 때

우리는 양팔을 벌리고 한없이 다가간다

—「다정함의 세계」 전문

2부의 첫머리에 놓여 있는 시다. 제목 그대로 이 시는 '다정함'이라는 느낌의 세계로 우리를 초대한다. '나'는 다정한 사람들의 다정한 모임에 와 있다. 이 자리를 떠나고 싶지 않다. 그래서 '발이 녹고 무릎이 없어지는' 것 같다. 먼저 일어나서 미안해요, 라고 말했을 것이다. "괜찮아요." 이 "작은 목소리"의 응대는 다정하다. 그 다정함 속에서 "우리는 함께 희미해진다." 그래서 "고마워요"라고 '나'는 대답했을 것이다. "둥근 입술," "몇 가지의 손짓," "투명해지는 한쪽 귀"가 이 세계의 기호들이다. 그리고 결심했다는 듯 일어서야만 하는 순간이 있었을 것이다. "수평선처럼 누워 있는 세계에서/검은 돌고래가 솟구쳐 오를 때"처럼 말이다. '없어진 무릎'이 다시 반짝이고, 두 사람은 "양팔을 벌리고 한없이 다가간다." '한없이'라고 써야만 할 것 같은 시간, 아쉬운 작별의 포옹을 향해 가는 그 시간은 정말이지 그랬을 것이다.

이것은 소품이지만 전형적인 김행숙의 시다. 어떤 의미에서? 그녀의 첫 시집 초판본 날개의 소개 글에는 흥미로운 오타가 있다. "(그녀의 시가 가져오는 충격은-인용자)

우리가 몸담고 있는 현실을 객환화시키며 (……)" 물론 여기서 '객환화'는 '객관화'의 오기(誤記)일 것이다. 그러나 이것을 '객환화(客幻化)'라고 읽을 수 없을까. 이 모순적인 단어는 절묘한 데가 있다. 실로 위의 시를 만들고 있는 것은 '객관적인 환상'들이다. 말로 표현하기 어렵지만 현실적으로 엄연히 존재하는 어떤 느낌이어서 그것은 객관적이고, 구체적인 행동들을 '재현'하겠다는 강박의 산물이 아니기 때문에 환상적이다. 이를 '객환화'의 기법이라고 불러도 좋지 않겠는가. "다정한 몸짓은 이렇게 말한다: 네 육체를 잠들게 할 수 있는 것이라면 뭐든지 청하렴."(『사랑의 단상』) 롤랑 바르트의 이 '번역'도 아름답지만 김행숙의 '객환화'는 시만이 해낼 수 있는 한결 더 감각적인 작업이다.

이렇게 말할 수 있다. 김행숙은 '세계'를 느낌의 조각들로 분해하고 '나'를 개별적인 느낌들의 도체(導體)로 개방하는 시인이다. 자유자재로 환상적이지만 자기도취 없이 객관적이다. 이 시학이 그녀의 시를 낯설고 매혹적인 것으로 만든다. 유사한 경향을 보여주는 시인들이 이후에 없지 않았으나 1999년 등단 이래로 이 스타일은 그녀의 독창(獨創)이다. 무자각적 기질의 즉흥적 분출이 아니다. 그간 한국시에서 통용되어온 '시적인 것'의 범주를 주밀하게 탐사하고 창조적으로 이탈한 결과다. 느낌으로 세계를 쪼개는 작업은 두 가지 전제를 전복한다. 각각을 '이데아

Idea의 전제'와 '코기토cogito의 전제'라 부를 수 있다. 이곳에서는 진리의 일부를 떠맡아야 한다는 강박이 없는 헛것들이 창궐하고, 더 이상 '주체'라고 부를 수도 없는 어떤 '나'가 감각의 에이전트로 암약한다. 세계도 분해되고 '나'도 해체된다. 없는 존재가 없는 세계를 노래하는 것, 그것이 김행숙의 시다. 그것은 가능한가? 느낌의 공동체에서는 가능하다.

시뮬라크르의 세계

가장 깊은 것은 피부다.
—폴 발레리

이데아의 전제를 전복한다는 것은 무엇인가. 한 편의 시가 다루는 세계는 무릇 어떤 본원적인 진리의 흔적을 포함해야 한다는 강박을 떨쳐버리는 일이다. 플라톤은 만상을 두 종류로 나누고, 각각을 이지적인 것the intelligible과 감각적인 것the sensible이라고 명명했다. 그렇다면 이데아의 전제를 전복한다는 것은 감각적인 것들의 세계를 충실히 다룬다는 뜻일까? 그것은 소박한 이야기다. 도대체가 세상에 존재하는 것들이 그렇게 상쾌하게 이분될 리 없는 것이다. 이지적인 것과 감각적인 것은 늘 섞여들게 마련이다. 시가 또한 그러하다. 이지적인 것들을 노래할 때에도 감각적인 것들을 동원하여 실감을 도모하고, 감각적인 것들은 이지적인 것들의 협력으로 나름의 질서를 얻는다.

어떤 이는 우리가 플라톤의 이원론이라 알고 있는 것 이면에는 더 심오하고 비밀스러운 이원론이 있다고 말한다(질 들뢰즈, 『의미의 논리』 1장). 그에 따르면 플라톤에게서 '감각적인 것'들은 다시 두 그룹으로 나눠져서 또 다른 이원론을 구성한다. 이데아의 작용을 받아들이는 것과 피해가는 것. 앞의 것은 이데아의 짝퉁copy이고 뒤의 것은 계통 없는 헛것들simulacre이다. 그렇다면 시란 무엇인가? 시는 본래 이데아의 카피(의 카피)이지만 이데아를 향해 깃발을 흔드는 조난자다. 계통 없는 헛것이기를 긍정하지 못하기 때문에 이데아의 전제를 전복하지 못한다. 그러나 카피의 지위조차 포기하고 한낱 시뮬라크르가 되려 하는 시들이 있다. 한없이 사소해지기를 원하는 시, 정말이지 순수한 헛것들에게만 헌신하는 시가 있다. "플라톤주의의 타파는 다음을 의미한다. 시뮬라크르들을 기어오르게 하라."(앞의 책, 보론 1) 이런 시들은 플라톤의 이원론을 무구하게 비껴간다.

착한 개 한 마리처럼
나는 네 개의 발을 가진다

흰 돌 다음에 언제나 검은 돌을 놓는 사람

검은 돌 다음에 흰 돌을 놓는 사람
그들의 고독한 손가락

나는 네 개의 발을 모두 들고 싶다, 헬리콥터처럼
공중에

그들이 눈빛 없이 서로에게 목례하고
서서히 일어선다

마침내 한 사람과 그리고 한 사람 —「착한 개」 전문

3부의 첫머리에 놓여 있는 시다. 어떤 근원적인 진리의 흔적을 '감각적으로' 재현해 이데아를 향해 '이지적으로' 손을 뻗는 시가 아니다. 바둑을 두는 두 사람이 있고 그들을 지켜보는 '나'가 있다. 그런데 '나'는 그 순간 왜 "착한 개 한 마리"가 되는가. 이 난감한 사태의 뒷면에는 '바둑'과 '바둑이(개)'의 연상 작용이 숨어 있는 것 같다. 그러나 중요한 것은 그것이 아니다. 바둑판에 흰 돌과 검은 돌을 차례로 놓아가는 일이 '나'에게는 이를테면 고독해 보인다는 것, 그것이 '하강'의 느낌을 산출한다는 것이고, 그 광경을 바라보는 '나'는 그 순간 문득 "헬리콥터처럼/공중에" 뜨고 싶다는 느낌을 받았다는 것, 말하자면 '상승'에의 욕망에 사로잡혔다는 것이 중요하다. 이 하강과

상승의 상호 충돌로 빚어지는 묘한 느낌의 전달, 그것이 이 시의 겸허한 목표다. 근원적인 진리에 대한 여하한 욕망도 이 시에는 없다.

이런 시들은 우리에게 '깊이'가 없다는 느낌을 불러일으킨다. 이와 같은 시적 공간들은 근원적인 진리를 소실점으로 삼아 원근법적으로 구축된 공간, 즉 물리적인 의미에서의 '깊이'를 갖고 있는 공간이 아니기 때문이다. 이런 시들은 평평하다. 근원(아래)도 배후(뒤)도 초월(위)도 없다. 개와 바둑은 그 무엇의 '상징'이 아니며, "착한"과 "고독한"이라는 형용사는 실존적인 뉘앙스를 거느리지 않는다. 어떤 시공간과 그와 결부되어 있는 특정한 느낌이 있을 뿐이고 그것은 온전히 시뮬라크르다. 시뮬라크르로서의 대상을 포착하는 섬세한 감각, 혹은 대상을 시뮬라크르화하는 방법론적 가벼움이 그녀의 시를 특별하게 만든다. 근원(아래)을 탐사하지 않고 배후(뒤)를 캐지 않으며 초월(위)을 도모하지 않는 시는 어디를 보는가. 이렇게 '옆'을 본다.

어느 날 아침 내가 침대에서 본 남자는 죽어 있었다. 더
이상 회사에 출근하지 않아도 되니, 그림자가 사라질 때까
지 실컷 자고 오후엔 우리 소풍을 가요. 나는 남자 옆에서
그림자가 사라질 때까지 잤다.

해변은 휘어져 있었다. 그런 옆에 대하여, 노을에 대하여, 화염에 대하여,

그네에 대하여, 손을 흔들며 뛰어갔다.

—「옆에 대하여 1」 전문

이제 말 울음소리는 뚝 그치고, 양호실에 가서 좀 누워 있으렴. 커튼을 치고, 갈기와 바람에 대해 떠들렴. 나도 언젠가 그런 소리를 들은 적이 있는 것 같애.

옆에 어떤 아이가 누워 있을까요? 왜 모두들 내게 잠을 권할까요? 내 무릎에 알코올을 발라준 여자도 그랬어요. 그녀는 날아갈 것처럼 청결해요. 그리고 나는 앞발을 들고 서 있었어요.

양호실은 쓰러지기 위해 오는 곳이야. 저 아이처럼.

—「옆에 대하여 2」 부분

옆을 소재로 한 네 편의 연작시 중 두 편이다. 잠에서 깨어 눈을 뜨고 옆을 본다. 한 남자가 죽어 있다. '나'는 하릴없이 계속 잔다. 그때 '옆'이라는 공간은 실로 특별한 의미를 머금게 될 것이다. 이 세상의 무수한 '옆'들 중에서 그 특별한 하나의 옆, 이 시는 바로 "그런 옆에 대하여"

무언가를 말하고 있다. 더불어 "더 이상 회사에 출근하지 않아도 되니, 그림자가 사라질 때까지 실컷 자고 오후엔 우리 소풍을 가요"라는 경쾌한 문장은 이미 죽은 자에게 건네지는 말이기 때문에 미묘한 애틋함과 긴장감을 동시에 연출한다. 한편 두번째 시는 한결 더 친근하다. 누구나 경험한 바 있거니와 양호실에 누워 있을 때 '옆'이라는 공간은 새삼 특별한 뉘앙스를 품게 된다. "옆에 어떤 아이가 누워 있을까요?" 이런 질문을 던지는 화자의 몸을 지금 스쳐가고 있을 법한 미묘한 호기심과 긴장감, 바로 그런 느낌의 '옆'을 이 시는 복원한다.

이 시들이 가까스로 포착하고 있는 '옆'의 위와 아래와 뒤에는 아무것도 없다. 얼핏 어딘가 비어 있는 듯하지만 그 자체로 완전한 시라고 생각한다. 투명한 순간들, 그 순간들에 충실한 감각의 반응, 그 감각에 대한 무구한 긍정으로 이 시들은 팽팽하다. 여기에는 그 무슨 콤플렉스도 없고 알리바이도 없다. 온갖 시적 곡예가 시를 낯설게 만드는 것이 아니다. 투명하고 충실하고 무구한 시, 그러니까 세계라는 사건의 공간을 위와 아래와 뒤의 도움 없이 '있는 그대로' 감각하는 시라서 역설적이게도 이렇게 낯선 것이다. "예술은 있었던 경험을 재현하는 것이 아니라 새로운 경험을 창조하는 것"(들뢰즈)이라는 언명에 이렇게 충실히 부합하는 시인도 달리 없을 것이다. 예컨대 (시집 1부에서 가장 중요한 소재 중의 하나인) '얼굴'이라는 대상을 어떠한 형이상학적 근원, 배후, 초월의 도움 없이 하나의 현상(표면)으로만 다루면 다음과 같은 시가 씌어질 수 있다.

어둠이 몰려서 온다. 녀석들. 녀석들.

검은 비닐봉지 같은 얼굴을 하고 걸어오면서 찢어지는 얼굴을. 툭, 하고 떨어지는 물체. 죽은 건 줄 알았는데 개의 죽음은 또 아주 멀었다는 듯이 발을 모아 높이 뛰어오르고. 착지와 비약으로 이루어지는 선상에서 음표처럼

빵, 하고 택시가 지나가고 빵, 하고 택시가 지나가고 빵, 하고 택시 아닌 바퀴들이 지나가고

〔……〕

툭, 다른 곳에 떨어지는 물체처럼 죽은 건 줄 알았는데. 녀석들 어둠 속에서 얼굴을. 얼굴을. 나라고 부를 수 없을 때까지

—「얼굴의 탄생」 부분

전우처럼 함께했던 얼굴은 또 한 명의 전우처럼 도망쳤다. 끝을 모르는 고요한 밤의 살갗 속으로

그리고 다시 얼굴이 달라붙을 때의 코는 한없이 옆으로 퍼
져 있었다. 귀는 늘어져 늘어져서 이어지는 꿈과 같았다. 비
누칠을 해서 꿈을 씻어내도 얼굴의 높이는 돌아오지 않았다

콧구멍은 파묻혔다. 냄새가 나지 않는 세계에서 아침식사
를 했다. 나는 맑아지고 의심이 없어진다

—「얼굴의 몰락」 부분

상당히 모호한 앞의 시는 전반부와 후반부에서 각각 개의 죽음과 돼지의 죽음을 이야기한다. 한밤의 도로에서 개가 차에 치여 죽는다. 툭 하고 떨어져서는 다시 튀어 오르는 것은 개의 시체다. 그 개의 시체 위로 무수한 차들이 지나가고 '나' 역시 그 장소에서 멀어진다. "검은 비닐봉지 같은 얼굴을 하고 걸어오면서 찢어지는 얼굴"이 어둠의 얼굴인지 개의 얼굴인지 단정하기 어렵지만 여기에서 얼굴이 한낱 '비닐봉지'로 전락하고 있는 사태는 의미심장하다. 후반부는 밤의 잔칫집 풍경을 그린다. "돼지가 돼지라고 부를 수 없을 때까지 분할되고," 그 돼지를 사람들이 씹고, 고기는 "고기라고 부를 수 없을 때까지" 분할된다. 이 와중에 '나'는 '나의 얼굴'이라는 표면이 '나의 정체성'이라는 심층과 맺고 있는 관계에 대한 어떤 불가해한 상념에 사로잡힌다. 문득 '나에게는 얼굴이 있다' 라는 자각이 엄습할 때가 있는 것이다. '얼굴의 탄생'이다. 얼굴

을 통해 "나는 나에 한정 없이 가까워"지기도 하고, "나라고 부를 수 없을 때까지" 멀어지기도 하는 것이다. 뒤의 시는 잠에서 깨어났을 때 더러 느끼게 되는 얼굴의 이물감에 대해 이야기한다. 얼굴이 돌연 '나'의 타자가 되는 순간이 있다. '얼굴의 몰락'이다. 어쩌면 얼굴은 잠이 들 때 나에게서 도망치고, 깨어났을 때 다시 되돌아오는 것인지도 모른다.

그렇다면 얼굴이란 대체 무엇인가. 흔한 말로 그것은 '내면의 창'인가? 아니, 얼굴face은 차라리 하나의 표면sur-face이다. 자크 오몽은 서구 영화에서 얼굴의 의미작용이 어떻게 변화해왔는지를 추적한 뒤 이렇게 결론을 내린다. "얼굴의 해체는 근대 말기의 이미지들에서 갑자기 발생했다."(『영화 속의 얼굴』) 서구 휴머니즘의 맥락에서 얼굴은 단순히 몸의 일부가 아니라 인간성의 보루로 기능했다. 얼굴의 해체는 '인간성'이라고 하는 오래된 신화에 대한 현대 예술의 반격이다. 이것은 부정적인 사태인가? 자크 오몽은 동의하지 않겠지만 들뢰즈는 이것이 긍정적인 사태라고 반겨 마지않는다. "인간이 운명을 조종할 수 있다는 것은 얼굴로부터 도망칠 수 있다는 것을 의미한다."(『천 개의 고원』) 그래서 그는 권유한다. "얼굴을 잃어버리세요."(『디알로그』) 얼굴의 탄생과 몰락을 말하는 이 시인이 그와 같은 권유에 전적으로 동의할지는 알 수 없다. 그러나 주체성이라는 근원으로부터 자유로운, 시뮬라크르에 가까운 존재들의 세계에 이 시인이 호감을 갖고 있다는 것은 분명해 보인다. 그들에 대해 이야기하자.

4인칭 단수의 노래

사람들은 자신들의 자아를 운송하는 데 만족하지요.
—질 들뢰즈

이데아의 전제와 코기토의 전제가 밀접한 관련이 있다는 사실을 본격적으로 지적한 것은 니체였다. 이 세계에 근원적인 실체가 있다는 믿음과 존재의 내부에 사유라는 실체가 있다는 믿음은 한통속이다. 앞의 믿음이 시뮬라크르들의 생성을 탄핵했듯이 뒤의 믿음은 감각적 신체가 갖는 지분을 박탈한다. 그러나 "행위자란 행위에 덧붙여진 단순한 상상적 허구일 뿐이다. 행위가 전부인 것이다."(『도덕의 계보학』 I-13) 행위가 전부다. 코기토는 없다. 근원적인 실체에 대해 심드렁한 시인답게 김행숙은 코기토가 우리를 행복하게 해줄 것이라고 믿지 않는다. 그래서 그녀는 코기토라는 이름으로 채 수습되지 않는 어떤 미세한 것들을 노래한다. 분명히 내 몸을 관통하고 지나갔지만 그것이 무엇인지를 설명하기는 어려운 느낌들이 있다. 얼마나 많은 느낌들이 하루 동안 우리를 스쳐 가는가. 이 느낌들의 궤도를 긍정하면 자아는 증발하고 만다. 김행숙의 시에서 코기토의 전제는 그렇게 허물어진다. 자아가 없는 노래는 가능한가? 호르몬의 노래를 소개한다.

> 호르몬이여, 저를 아침처럼 환하게 밝혀주세요. 분노가 치밀어오릅니다. 태풍의 눈같이 표현하고 싶습니다. 저 자가 제게 사기를 쳤습니다. 저 자를 끝까지 쫓겠습니다.
>
> 당신에게 젖줄을 대고 흘러온 저는 소양강 낙동강입니다. 노 없는 뱃사공입니다. 어느 곳에 닿아도 당신이 남자로서 부르면 저는 남자로서
>
> 당신이 여자로서 부르면 저는 여자로서 몰입하겠습니다.
> 〔……〕
>
> 제 꿈을 휘저으세요. 당신의 영화관이 되겠습니다. 검은 스크린이 될 때까지 호르몬이여, 저 높은 파도로 표정과 풍경을 섞으세요. 전쟁같이 무의미에 도달하도록
>
> —「호르몬그래피」 부분

만해와 소월이 '임'에게 바친 노래들에서 '임'의 자리에 발칙하게도 '호르몬'을 넣으면 이런 시가 된다. 이 시는 호르몬을 향한 간구의 시다. 그러나 이 시는 애절하지 않고 씩씩하다. 호르몬이여, 내게 사기 친 자를 내가 끝까지

쫓게 해주소서. 남성호르몬이 부르신다면 남성이 되고, 여성호르몬이 부르신다면 여성이 되겠습니다. 간구의 어조, 호르몬이라는 비시(非詩)적인 대상, 어딘가 장난스러운 결의. 어느 것 하나 어울릴 것 같지 않은 세 요소들이 연합하여 이 시의 역동적인 매력을 분만한다. 그러나 이 시가 인상적인 것은 '나'라는 존재의 근원적인 실체를 한낱(!) 호르몬에서 찾는 그 과감한 유물론 때문이다. '나'를 지배하는 것은 '나'의 호르몬이다. "제 꿈을 휘저으세요. 당신의 영화관이 되겠습니다." 그렇다면 '나'는 무엇인가. 호르몬이 그리는 그림 혹은 호르몬이 쓰는 글씨, 즉 '호르몬그래피'에 불과하다. 이 시는 코기토의 전제를 이렇게 전복한다. "호르몬이 휘젓는다, 고로 나는 존재한다." 이제 고리타분한 '나' 따위는 이 세상에 없다. 어디에서 무엇이건 될 수 있다. 이것은 인간의 퇴행도 아니고 시의 왜소화도 아니다. 인간이라는 존재의 주름을 다채롭게 펼쳐내는 일이고 시가 생성의 그래피티graffiti가 되는 길이다. 그러니 '나'가 어느 날 고양이가 된다 한들 별로 놀라울 것도 없다.

> 이제 아주 멀리 고양이의 길을 가요. 고요한 새벽마다 울음소리를 연습했답니다. 그건 고양이의 것이죠. 달빛처럼 바람소리처럼 나는 내가 무슨 말을 하는지 영영 모를 거예요.
>
> —「고양이군의 수업시대」 부분

고양이로서 실천할 수 있는 선행은 악행만큼 다양하고 모호하고 고요하고 날카롭고 격렬하고 아아아 황홀하고, 야아옹. —「소녀 고양이군을 만나다」 부분

나는 고양이를 초월하여 고양이, 다시 한 번 고양이를 초월하여……

불가사의에 흡수되는 시간,
거대한 고양이가 이 세계의 이름입니다.

—「고양이군의 25시」 부분

이것들을 은유적인 변신 이야기로 받아들이는 것은 적절하지 않다. 애초 그 무슨 실체가 있어 변신이 있겠는가. 우리는 본래 '호르몬그래피'가 아닌가. 고양이 호르몬이 부르시면 고양이가 되는 것이다. 그래서 이 시들은 고양이를 노래하는 시가 아니라 고양이로서 노래하는 시들이다. 그러고 보면 다양하고 모호하고 고요하고 날카롭고 격렬하고 황홀한 고양이는 세계와 나를 느낌의 조각들로 분해하는 이 시인의 감각과 썩 잘 어울리는 동물로 보인다. 이 시인에게는 세계가 "거대한 고양이"이고, 그 세계에서 나는 "고양이의 길"을 간다. 분연한 결의라기보다는 은밀한 초대다. 고양이가 싫다면 만두가 되어도 좋다는

식이다. "우리는 아픔 없이 잘게 부서질 수 있습니다. 우리는 잘 섞일 수 있습니다. 만두의 세계는 무궁무진합니다."(「초대장」) 코기토의 전제를 비껴가는 세계는 그렇게 "무궁무진"하다. 그렇다면 '나'는 무궁무진 그 자체인가? 우리는 주체화 없이 개별화될 수는 없는 것일까?

> 그가 혁대를 풀었다는 소문이 돌았다. 그리고 벌렁 드러누웠다는 것이다. 근거가 없는 것은 아니었지만 그에 대해서 정확한 건 없었다. 그는 **한 사람**이기 때문이다.
>
> —「한 사람 1」 부분

> 그 애는 학교 같았습니다. 그 애의 뒷문에서 우린 도망치는 걸 배웠어요. 오로지 도망치기 위해 용감해져야 했어요. 그애는 칠이 벗겨진 뒷문 같았다가
>
> 〔……〕
>
> 그 애는 주차장 같았습니다. 그 애는 기둥 같았습니다. 그 애는 아파트먼트를 떠받치고, 우리는 그 애가 떨어뜨린 그림자 위에서 휘파람을 배우고 춤을 배웠어요. 또 싸움도 잘하게 됐어요. 먼지와 리듬에 섞여 있었습니다.
>
> —「한 사람 2」 부분

우리들은 어디에 모여서 한 사람이 되었나. 우리는 이곳까지 달려오면서 많은 이름들을 붙였다, 뗐다, 붙였다, 투명테이프처럼. 안녕. 안녕. 금방 버려진 이름들과 함께하였던 우리의 유머와 블랙. 사랑과 블랙. 우리들은 사랑스럽고 드디어 모호해진다. ―「한 사람 3」 부분

애벌레가 앨리스에게 묻는다. "너는 누구냐?" 이상한 나라에서 몸의 크기가 커졌다 작아지기를 반복한 앨리스는 선뜻 대답하지 못한다. "난, 난 현재로서는 잘 모르겠어요. 적어도 오늘 아침 잠자리에서 일어났을 때는 내가 누군지 알았지만, 그 이후로 내가 여러 번 바뀐 것 같아요."(『이상한 나라의 앨리스』 5장) 본래 이런 발화는 분열증자의 그것이지만 앨리스 월드에서 이것은 소위 '비인칭적 개별성'(들뢰즈)의 선언 같은 것이다. 자아에 대한 어떤 규범에 지배되지 않는 삶, 유동 중이고 생성 중인 자아가 어느 순간 취하게 되는 어떤 개별성은 '너는 누구냐?'라는 물음에 대해 이를테면 "나는 오후 다섯 시의 바람이다"(『천 개의 고원』)라고 대답한다. 김행숙 시의 자아들은 너무도 자연스럽게 비인칭적 개별성을 산다. 그들은 '그 사람'이 아니라 그냥 '한 사람'이다. 그래서 "그에 대해서 정확한 건 없었다." '학교'가 되었다가 '뒷문'이 되었다가 '주차장'이 되었다가 '기둥'이 된다. 그래서 그들에게 이름 따위는 무의미하다. 그것은 고작 "붙였다, 뗐다, 붙였다"

하는 "투명테이프" 같은 것이어서 금방 버려지고 만다.

이런 존재들은 당당하게 말한다. "우리는 사랑스럽고 드디어 모호해진다." '없는' 존재들이 그들의 '있음'을 말한다. 그래서 김행숙의 고백은 독특하다. 그녀의 고백은 자아를 재확인하는 어떤 '심층'의 발화가 아니다. 끊임없이 생성 중인 존재가 단속적으로 내뱉는 듯한 말, 들쑥날쑥 탄력적인 그 '표면'의 고백들에 대해 우리는 이렇게 말한 적이 있다. "우리는 그녀의 시가 아름답게 느껴지는 까닭이 무엇보다도 그녀가 말하는 방식과 관련이 있다고 믿는다. 그녀의 시에서 1인칭의 발화는 어쩐지 신뢰하기 어렵고 2인칭의 존재감은 희미하다. 과감하게 말하면 주체도 대상도 없는 이 고백은 차라리 어떤 중얼거림에 가깝다. 정체성을 구축하(고자 하)는 자아의 목소리가 사라지고 '누군가가 말한다On Parle'의 형식을 취하는 "익명적 중얼거림"(들뢰즈)의 아름다운 연쇄가 그 자리를 차지한다. 그 고백이 "아무것도 버리지 않았는데, 갑자기 너무 가벼워"(「하이네 보석가게에서」, 『사춘기』)지는 미학적 효과를 산출한다."(졸고, 「앓는 세대의 난경과 난무」) 우리는 페를랭게티Ferlinghetti의 용어를 빌려 이를 '4인칭 단수의 노래'라 부르고만 싶다. 비인칭적 개별성과 4인칭 단수의 목소리가 연합하여 만들어낸 아름다운 시 한 편이 여기 있다.

나는 2시간 이상씩 노래를 부르고
3시간 이상씩 빨래를 하고
2시간 이상씩 낮잠을 자고
3시간 이상씩 명상을 하고, 헛것들을 보지. 매우 아름다워.
2시간 이상씩 당신을 사랑해.

〔……〕

그렇군. 하염없이 노래를 부르다가
하염없이 낮잠을 자다가

눈을 뜰 때가 있었어.
눈가 귀가 깨끗해지는데
이별의 능력이 최대치에 이르는데
털이 빠지는데, 나는 2분간 담배연기. 3분간 수증기. 2분간 냄새가 사라지는데
나는 옷을 벗지. 저 멀리 흩어지는 옷에 대해
이웃들에 대해
손을 흔들지. —「이별의 능력」 부분

이별의 아픔이라는 진부한 소재도 김행숙의 시학과 결합되면 이렇게 전혀 다른 양상을 띤다. 이 시의 출발점은 이별이 하나의 능력이라는 착상에 있다. 그 능력이 늘 일

정하지는 않을 것이다. 사실 그렇지 않은가. 이별한 자가 그 이별을 늘 의식하지는 않는다. 이별을 절실하게 아파하다가도 어느 순간 '노래'를 부르고 '빨래'를 하고 '낮잠'을 자고 '명상'을 한다. 이별을 이겨낼 수 있는 능력도 시시때때로 달라진다. 이제는 그를 잊을 수 있을 것 같다고 느껴질 때, 그때 "이별의 능력이 최대치에 이르는" 것이다. 이별을 슬퍼하며 원한과 신파의 악순환에서 헤어 나오지 못할 때, 그때 이별의 능력은 최저치에 도달한다. 그런 것이다. '나'는 호르몬그래피이다. 잠재적인 고양이이고 잠재적인 만두다. 때로는 이별의 강자이지만 때로는 이별의 약자다. 매순간 '나'는 무수하고 하염없으며 희미하다. 그렇다는 것을 우리는 최근에야 알게 되었다. 본래 우리에게 시의 매혹은 단호하거나 섬세한 1인칭의 목소리가 주는 매혹이 아니었던가. 그런데 최근 젊은 시인들의 시에서 우리는 4인칭 단수의 노래를 듣는다. 그 노래들은 말한다. 문학은 '나'를 운송하는 나룻배 따위가 아니라 무수한 '나'들을 발명하는 기계라고. 김행숙의 시-기계는 폭죽 기계 같다. 때론 발랄하게 때론 우아하게, 그녀의 시들은 펑펑 터진다.

투명인간의 달리기

심층과 표면이 동등하게 파악된다면
사랑과 같은 감정은 더 잘 이해될 것이다.
—미셸 투르니에

'서정적인 것'들의 우주가 있다. 세계와 자아의 어떤 협업이 그 세계를 만든다. 흔히 '세계의 자아화'라 부르는 원리가 그 우주를 조율한다. 그러나 세계와 자아가 관습적인 형상으로 실체화되거나 근대적 주객 관계를 자동화된 방식으로 되풀이할 때 서정적인 것은 상투적인 것이 되고 만다. 이 시인의 시가 낯설고 매혹적인 효과를 산출하는 것은 이 시인이 다루고 있는 세계, 그 세계와 조우하고 있는 (비)자아의 모습이 낯설고 매혹적이기 때문이다. 그녀의 시에는 우리가 알고 있는 '그' 세계가 없고 우리가 믿고 있는 '그' 자아가 없다. 그 둘은 분해된 채로, 뒤섞였다가 나눠지고 모였다가 흩어지면서 우리가 알지 못했던 세계, 우리가 살아보지 못한 삶의 층위를 희미하게 개시(開始)한다. 이런 얘기를 우리는 지금까지 해왔다. 다음 시는 그 시학을 그녀 자신이 매력적인 설정으로 요약하고 있는 시편이다.

마차에서 말들이 분리되는 순간
마차는 스톱! 하지 않았다
마차는
서서 생각하지 않았다

나는 생각하지 않는다
나는 쓴다, 나로부터 멀어지는 말발굽들처럼

〔……〕

왕의 주먹이 만들어지고
쾅, 원탁의 한가운데를 내리치고 솟구치는
나의 날개
세계에 떨어지는 주사위들 ―「손」 부분

마차가 달린다. 말과 마차는 격렬한 한 몸이다. 그러다가 말과 마차가 분리되는 때가 있다. 우리가 영화에서 자주 본 장면이다. 김행숙다운 질문은 그 다음에 있다. 말이 마차에서 분리되었을 때 마차는 멈추고 생각하는가? 아니다. 마차는 멈추지 않는다. 멈추어 서서 생각하지 않는다. 그녀의 시가 그렇다. 그녀의 시에서 나(마차)와 세계(말)는 함께 달린다. 나와 더불어 세계가 달리고 세계와 더불어 내가 달린다. 그래서 하나가 다른 하나를 제 쪽으로 끌어당겨서 고정시킬 수가 없다. 탁자를 내리치면 솟구쳤다가 떨어지는 주사위들, 그 주사위들이 만들어내는 우연의 무늬, 그 우연을 긍정하는 손, 그 손이 쓰는 시. 그래서 이곳은 서정적이지 않지만 다른 방식으로 눈부시다. 말하자면 서정적인 것과 시적인 것이 같은 크기의 범주가 아니라는 것을 실증하는 것이 그녀의 시다. 시적인 것은 서정적인 것보다 크다. 서정적인 것의 여집합에서 새로운 것이 솟아오른다. 2000년대 시의 발상지가 그 어디쯤에 있다.

2000년대 시의 유형학이 필요하다. 한쪽에 '실재의 시'가 있다. 더욱더 리얼한 것을 찾아서, 가 그들의 모토다. 정상성의 세계가 가상이고 허위라고 믿기 때문에 그들은 그 세계를 재현하는 데 관심이 없다. 왜상과 환상의 세계를 통해 리얼한 것을 직접적으로 현시하려는 욕망이 그들의 것이다. 이 욕망이 그들의 시를 과도하고 격렬하고 잔혹하게 만든다. 그들의 세계는 현실보다 더 깊은 곳에 있다. 정신분석(라캉)과 친연성을 갖는다. 다른 한쪽에는 '표면의 시'가 있다. 그들은 긍정하고 발명한다. 시뮬라크르를 긍정함으로써 잠재적인 세계를 가동시키려 하고, 진짜 나를 찾아 헤매기보다는 다른 나를 발명하려 한다. 그래서 그들은 과도하고 격렬하고 잔혹하기보다는 가볍고 유연하며 자유롭다. 그들의 세계는 현실과 비현실의 접면, 혹은 현실의 표면에 있다. 분열분석(들뢰즈)과 친연성을 갖는다.

우리는 2000년 이래로 후자의 계열을 대표하는 시인이 김행숙이라고 생각해왔다. 그녀의 시는 새로운 세계를 꿈꾸고 새로운 나를 촉발한다. 그녀는 '시란 무엇인가'를 묻기보다는 '시로 무엇을 할 수 있는가'를 묻는다. 이런 부류의 시는 본질적으로 '해석'의 대상이 아니라 '감응'의 대상이다. 그녀의 시가 '무엇을' 말하는가를 묻지 말고 그녀의 시와 더불어 '어디로' 갈 것인가를 묻는 일이 훨씬 더 생산적이다. 그녀의 시가 난해하게 느껴진다면 그것은 우리가 알고 있는 세계가 그만큼 협소하기 때문이다. 그녀의 시가 혼란스럽게 느껴진다면 그것은 우리가 알고 있는 자아가 그만큼 진부하기 때문이다. 그런 우리에게 그녀의 시는 은은하게 권유하고 발랄하게 유혹한다. '시뮬라크르들을 사랑하라.' 김행숙 시의 정언명령이다. 그리고 이것은 시도 할 수 있는 일이 아니라 시만이 할 수 있는 일 중의 하나다.

이 시집 전체의 마지막 문장은 이렇다. "나는 불연속적으로 사람들 속으로 사람들을 떠난다."(「사라지는, 사라지지 않는,」) 그녀는 또 어디론가 떠나려나 보다. 사실 그녀는 본래 투명인간이 되고 싶어 했으니까. "한때, 내가 되고 싶었던 건 투명인간이었다. [……] 만약 내가 단 하루만이라도 투명인간이 될 수 있다면, 무조건 달리고 또 달릴 거야. 다만 멀어지기 위해. 내가 사라지는 곳으로부터 더 멀리에서 나타나고 싶었다."(『사춘기』 뒤표지 글) '투명인간'은 시뮬라크르다. 그 시뮬라크르가 달린다. 숨기 위해서가 아니다. '사라진 곳보다 더 먼 곳에서' 다시 나타나기 위해서다. 서서히 사라졌다가 엉뚱한 곳에서 다시 나타나는 앨리스 월드의 체셔 고양이처럼, 투명인간은 원본이 없는 자유이고 중심이 없는 생성이다. "우리는 사랑스럽고 드디어 모호해진다."(「한 사람 3」) 신기해라, 느낌의 세계는. 놀라워라, 느낌의 위력은. 느낌의 세계에서 느낌의 위력으로, 우리는 사랑스러워지고 드디어 모호해진다. ▨